ビアトリクス・ポターを訪ねるイギリス湖水地方の旅

ピーターラビットの故郷をめぐって

北野佐久子
KITANO SAKUKO

大修館書店

目次

WHIGS

【湖水地方】

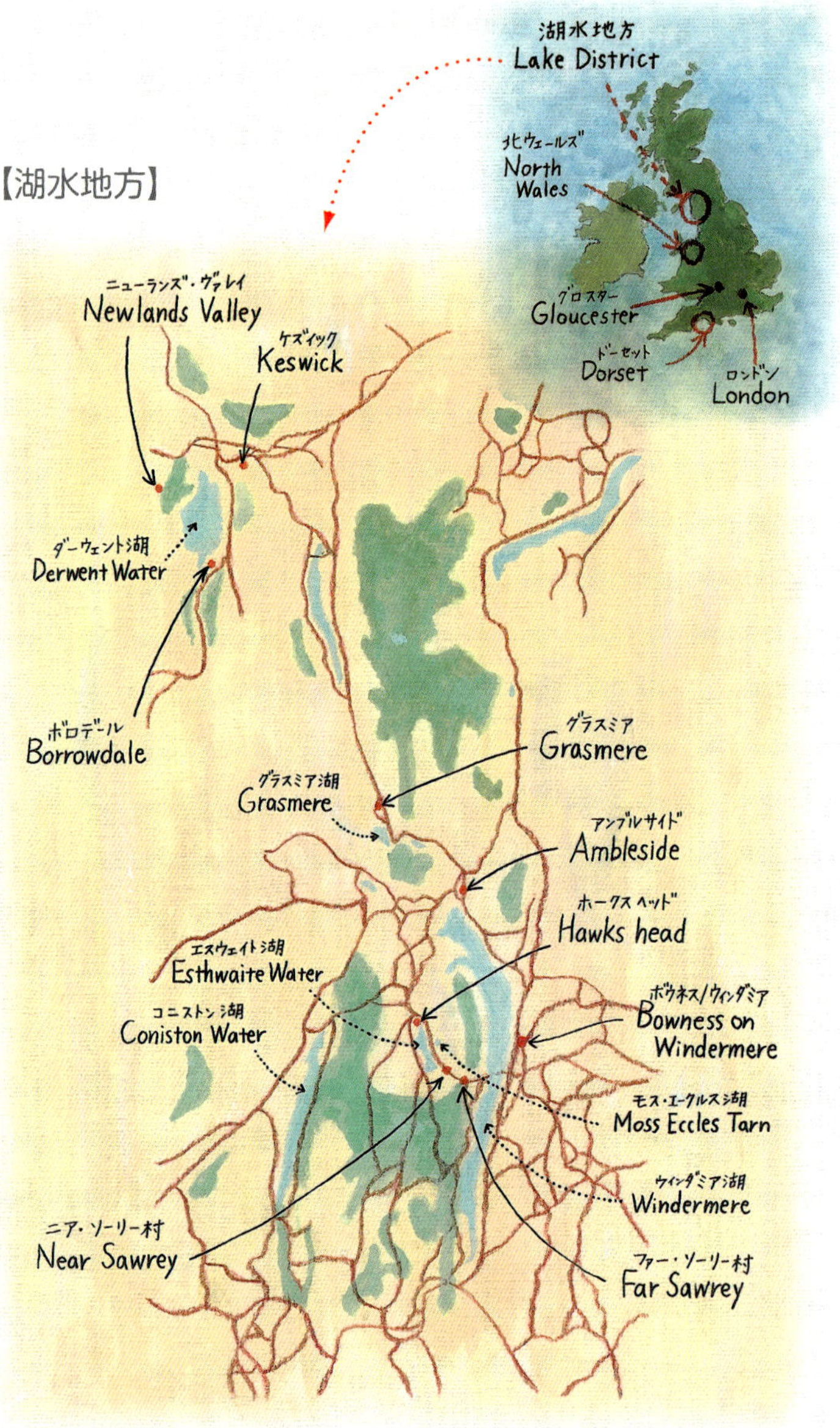

湖水地方
Lake District
北ウェールズ
North Wales
グロスター
Gloucester
ドーセット
Dorset
ロンドン
London
ニューランズ・ヴァレイ
Newlands Valley
ケズィック
Keswick
ダーウェント湖
Derwent Water
ボロデール
Borrowdale
グラスミア
Grasmere
グラスミア湖
Grasmere
アンブルサイド
Ambleside
ホークスヘッド
Hawks head
エスウェイト湖
Esthwaite Water
コニストン湖
Coniston Water
ボウネス/ウィンダミア
Bowness on Windermere
モス・エークルス湖
Moss Eccles Tarn
ウィンダミア湖
Windermere
ニアー・ソーリー村
Near Sawrey
ファー・ソーリー村
Far Sawrey

ビアトリクス・ポターを訪ねるイギリス湖水地方の旅

ピーターラビットの故郷をめぐって

1

ロンドンからニア・ソーリー村へ
London, Near Sawrey
ビアトリクスと湖水地方との出逢い

Why cannot one be content to look at it? I cannot rest, I must draw, however poor the result, ...

人はなぜ見るだけでは満足できないのだろう。私はじっとしていられない、描かなければいられなくなる。それがたとえよい出来栄えでなくても。

（1884年10月4日の日記より）

ビアトリクスの出発点・ビクトリア&アルバート博物館

フォックスグローブ、カーネーション、バラ…

水彩画で描かれた花たちは、まるできのう描いたかと思うほど、その優しい色合いは色あせることなく、みずみずしく美しいものでした。イギリスの田舎を知っている者ならば、その花の絵を見ているだけで、フォックスグローブが咲く湖水地方の森の中、カーネーションが育つコテージ・ガーデンを思い起こし、そこに吹く風の香りまでも感じるほどの、あるがままの自然な描き方に魅了されるはずです。

ビアトリクスがたびたび通った自然史博物館。ビクトリア&アルバート博物館に隣接している

ここは、ビクトリア&アルバート博物館（Victoria & Albert Museum）のギャラリー102、私は「ビアトリクス・ポターのボタニカル・イラストレーション」と題した展示の前にいました。2011年の夏のことです。ビアトリクス・ポターの描いた花々の絵は、ビアトリクスがいかに野に咲く花を愛していたか、その優しさやいとおしさがにじみ出ているように感じるものでした。

ビアトリクスは後年になって「若い頃に植物を注意深く研究したことは、ファンタジーであるお話の世界に現実味を与えてくれた」と、自分自身で指摘しています。

こうした花々を見ていると、そのスケッチやデッサンがのちに絵本に生かされていることがわかるのです。

忠実に描いた花々は、ゼラニュームは『ピーターラビットのおはなし』（1902）、カーネーションやフューシャは『ベンジャミン バニーのおはなし』（1904）、スイレンは『ジェレミー・フィッシャーどんのおはなし』（1906）、フォックスグローブは『あひるのジマイマのおはなし』（1908）などに使われています。

小さい頃からビアトリクスがスケッチや模写に通っていたビクトリア&アルバート博物館。ここほどビアトリクスの足取りをたどる旅の出発点にふさわしいところはありません。

ビアトリクスは、15歳から30歳まで自分だけの暗号による日記をつけていました。その日記を解読し、ビアトリクス・ポター研究の基礎を築いたレズリー・リンダー

（右）ビアトリクスは植物を注意深く観察して描く、ボタニカルアートを好んで描いた。1900年ごろビアトリクスが描いたネトル（イラクサ）のスケッチ　（左）ボタニカルアートとして描いたゼラニュームは『ピーターラビットのおはなし』の挿絵にも生かされている

氏（1904〜1973）は、熱心な研究家で収集家でもあり、所蔵していたビアトリクスの彩色画、線描画、写真などの莫大なコレクションをこの博物館に寄贈しました。

この博物館の歴史は1832年、デザイン学校として生まれたときに始まります。1851年のロンドン万国博覧会を経て、1852年「産業博物館」として新たに生まれ変わり、万国博覧会の主催者の1人でもあったヘンリー・コール氏が初代館長となって、そのコレクションを充実させるために尽力します。

ビクトリア女王の夫君であるアルバート公の提案により、万国博覧会で得た純益金で教育施設を作るための広大な敷地がハイド・パークの南側に購入されました。「産業博物館」は、1857年にこの場所に移り、「サウス・ケンジントン博物館」と呼ばれるようになったのです。デザイナーでもあったヘンリー・コール氏が目指したのは、デザイナーをはじめ、一般の人々にまで広く優れたデザインの本質に触れる機会を与え、イギリスの製造業を振興させることでした。

ビアトリクスが剥製の動物や昆虫のスケッチに通った自然史博物館のほか、科学博物館やロイヤル・アルバート・ホールがこの地に建設され、今に至っています。この自然史博物館には私も小学生の娘に付き合って、丸一日、恐竜や剥製の動物、蝶の標本など見学していたことを思い出します。

ビアトリクスがスケッチに通っていた頃は、まだ「サウス・ケンジントン博物館」と呼ばれていた時代で、現在本館から中庭を隔てて建つ赤いレンガの建物があ

日常の美を重んじるイギリスの豊かさを象徴するかのような贅沢な時間がこのグリーン・ダイニングルームにはある。右はバン・ジョーンズによるステンドグラスの窓

るだけでした。ここには、博物館で世界初の食堂が造られ、その第一食堂は、植物文様のテキスタイル・デザイナーとして日本にもファンの多いウィリアム・モリスが内装を手掛けた「グリーン・ダイニングルーム」と呼ばれるものでした。館長のヘンリー・コール氏は、モリスたち若き芸術家が興した「モリス・マーシャル・フォークナー商会」がロンドン万国博覧会に出品した作品からその才能を見抜き、まだ無名だったにもかかわらず彼らにその仕事を依頼したのでした。

モリスと建築家のフィリップ・ウェッブ合作の植物文様を幾何学的にデザインした天井、窓には画家バン・ジョーンズがデザインしたステンドグラス、そして目の高さの腰壁の上のパネル画には同じくバン・ジョーンズがデザインした12か月を表す女性像や、モリスがデザインした植物が描かれた、それは美しく豪華な部屋。当時はフォーマルな食堂でしたが、今はカフェテリアで買った食べ物や飲み物をトレーに載せて、気軽にこのダイニングルームで食事を楽しむことができます。特に金曜日の夜は、22時まで開館する「レイト・オープニング」の日なので、仕事の後にゆっくりと博物館を鑑賞しながら、ここで食事を楽しむ人たちが多く見られます。

イギリスの文化の高さを肌で感じるひととき、私もこの空間が大好きです。ビアトリクス誕生の1年後、1867年にこのダイニングルームは完成していますから、ビアトリクスもスケッチの後などにここで食事を楽しんだのかもしれません。

後にビアトリクスは、39歳で購入する自宅兼アトリエとなる農場付きの家、ヒルトップの寝室の壁紙に、モリスの「デイジー」を選んで貼っていますが、それだけ

（右）グリーン・ダイニングルームの天井。植物文様を幾何学的にあしらっている　（左）ビアトリクスが通っていた頃の「サウス・ケンジントン博物館」はこの建物だった

ではないつながりがウィリアム・モリスとビアトリクスにはある、と私は感じています。

モリスは、このダイニングルームの完成した1866年から10年あまり経った、1877年、美しい古い建物を守るために「古建築物保護協会」を創立しました。田舎の教会、聖堂、コテージなどの建物の崩壊と無思慮な修復の阻止が目的でした。モリスは商業的な破壊から建物と自然を守り、風景の美しさが織り成す田舎の景色を保存する必要性を人々に喚起した最初の1人であったのです。そのさまざまな精力的な活動の結果、協会の影響を受けて、モリスの死の直前、1894年に「ナショナル・トラスト」が設立されることになるのです。

ナショナル・トラストは、後にビアトリクスが出会い、多大な影響を受けるハードウィック・ローンズリー牧師、社会改革者であるオクタヴィア・ヒル女史、弁護士で、公務員であったロバート・ハンター氏の三者によって設立されました。自然や歴史的建築物を保護し、次世代へと引き継いでいくことを目的としたボランティア団体で、今やその会員数はイギリス国民の5人に1人という国民的な団体に成長しています。ビアトリクスは『ピーターラビットのおはなし』をはじめとする絵本の印税、相続による資産を元に、自身の半生をかけて湖水地方の土地を買い取り、自然、建物、生活を産業的開発から守り、遺言で15の農家と4300エーカーという膨大な土地をナショナル・トラストに寄付しました。ビアトリクスが自分の愛した土地を永久に保護しようと考え、尽力した原点が、ローンズリー牧師とこのモリ

(右) カフェテリアのケーキ (左) クロムウェル・ロードに面したビクトリア&アルバート博物館の入り口の上にあるビクトリア女王の彫像。この下にアルバート公の彫像がある

スからの影響にあるような気がしています。

ビクトリア&アルバート博物館に戻りましょう。博物館の現在の形ができあがったのは、クロムウェル・ロード側の外観が完成した1909年のことですが、現在の名前になったのは、1899年のこと。その年、ビクトリア女王は新たな棟の建設を命じ、夫であるアルバート公を記念して「ビクトリア&アルバート博物館」と改称したのです。それには、1861年に42歳の若さで急逝した最愛の夫、アルバート公への追悼の意味がこめられ、そのためクロムウェル・ロードに面する正面玄関を見上げるとアルバート公の彫像がビクトリア女王の彫像とともにあるのです。

ビアトリクスが家族と過ごしたロンドンの家

ビアトリクスの家はこの博物館から歩いて20分ほど、サウス・ケンジントンの駅を通りすぎ、しばらくするとあらわれる緑の中の住宅街、ボルトン・ガーデンズ（Bolton Gardens）の2番地にありました。きっとビアトリクスもこの道をスケッチブックを片手に歩いたに違いない、と想像しながら、私もビクトリア&アルバート博物館からの道をたどってみたことがありました。

ビアトリクスの住まいだった家は第二次世界大戦の際に火災で焼け落ちて、もはやなく、現在はその一帯が小学校になっています。イギリスでは著名な作家などが住んでいたところには「ブルー・プラーク」と呼ばれる青い標識がつけられていますが、このビアトリクスの住まいだったところにはピーターとジマイマが描かれた

ボルトン・ガーデンズ2番地の、ビアトリクスの生家の跡地。右上は生家があったことを示すブルー・プラーク。ピーターラビットとあひるのジマイマが描かれている

ブルー・プラークがその小学校のレンガ造りの塀につけられています。建物はもはやないため、ここにビアトリクスの家があったことを唯一証明するものです。塀の前の通りには、ロンドン名物の黒いタクシーや二階建ての赤いバスが忙しく行き交っています。

ビアトリクスが生まれたのは１８６６年。ビクトリア女王の63年にわたる治世の29年目に当たります。すでに産業革命を果たしたイギリスは、工業先進国となり、国家の繁栄とともに中産階級が大きく勢力を伸ばした時代でした。その裕福な中産階級であったポター家は、父親のルパートが法廷弁護士の資格を持っていながら、先代が産業革命においてキャラコ木綿で成功したおかげで、働く必要がないほどの富裕な家庭でした。父のルパートは毎日クラブに出かけ、知的な仲間と交わり、趣味の写真を楽しむという優雅な暮らしぶりでした。

ビアトリクスの家族は、父ルパートと、母ヘレン、６歳違いの弟バートラムとの４人家族で、ビアトリクスが好きだった父は、ビアトリクスの絵の才能を認め、心を通わせる存在でしたが、母は厳格で、怖い存在だったようです。そして家族でよく訪ねていたカムフィールド・プレイス（Camfield Place）に住む父方の祖父母、とりわけ祖母とビアトリクスは親しく交流していました。両親は芸術的な面も持ち、絵を描き、花や庭、風景を楽しみました。父親のルパートは、旅行先のスコットランドから7歳になるビアトリクス宛てに「たくさんのスノードロップが緑の中に咲き乱れているが、木々はまだ枝だけだ」と書き送っています。

（右）ブルーベルが描かれた『妖精のキャラバン』の挿絵　（左）青い絨毯を敷き詰めたように咲き乱れるブルーベル。ロンドンの5月、キュー・ガーデンにて

ビアトリクスが野の花を好んだのは、この両親からの影響も多く考えられるのですが、このスノードロップのほかにブルーベルもビアトリクスの好きな野の花だと知り、とてもうれしくなりました。『キツネどんのおはなし』（1912）、『妖精のキャラバン』（1929）などの作品にもブルーベルが描かれているのはそのためなのでしょう。5月の森の中に咲くブルーベルの美しさはイギリスの田舎ならではの光景です。私もかつてイギリスに住んで、ブルーベルの美しさに魅了された一人です。まるで魔法がかかったようにその季節だけ、森の中にブルーの絨毯を敷き詰めたように咲き乱れる美しさは神秘的ですらあるのです。

避暑地でのホリデー

夏の3か月もの長い期間、ポター一家はホリデーをスコットランドや湖水地方の自然の中で過ごしました。そのホリデーの間は、自然を楽しみ、見るものすべてをスケッチする自由な時間、そしてロンドンでは博物館など知的環境があるという、うらやましいほど恵まれた環境がビアトリクスという人となりを作り上げていったのです。学齢に達すると、学校での教育は受けずに家庭教師から教育を受け、両親とは距離を置いた自宅の4階の子ども部屋で、乳母とともに一日の大半を過ごす生活でした。

その単調な生活を彩っていたのは、たくさんのペットでした。夏にホリデーを過ごしたスコットランドから持ち帰ったり、ロンドンのペットショップで買った、う

1892年スコットランドで描いたペットのうさぎ、ベンジャミン・バウンサーのスケッチ

さぎやカエル、トカゲ、イモリ、ヘビなどを飼っていました。11歳になってバートラムが学校（この階級の男子は全寮制のパブリックスクールに入ることになっていました）に行くようになると、彼が飼っていたコウモリをビアトリクスが面倒を見たりもしていました。そのペットの種類の多さに驚きますが、すべて4階の子ども部屋で飼い、ときどき庭へ連れ出して外の空気を吸わせてやるという面倒を、子どもたち2人が行っていたのです。

そうした生活について、ビアトリクスは後になってこう書いています。

「私は学校に行きませんでした。それでよかったと思っています。学校に行っていたら、どこかしら私らしさをなくしたのではないかと思うからです。」（アメリカの雑誌『ホーンブック』1929年5月号）

充実した生活ぶりがその言葉からもにじみ出ていますが、さまざまな動物を飼うことによって、同世代の友達もいない孤独を紛らわしていたのでしょう。うさぎをはじめ身近な動物たちを観察し、描くことは、ビアトリクスと弟のバートラムにとっては生きることそのものだったのかもしれません。

湖水地方との出会いは1882年、16歳のとき、ホークスヘッドとニア・ソーリー村の間に建つレイ・カースル邸（Wray Castle）でのホリデーでした。スコットランドでいつも借りていたダルガイズ荘が法外な賃料を請求してきたので、ビアトリクスの父はやむなく、湖水地方にあるこの家を借りることにしたのでした。

5歳から15歳までの夏をスコットランドで過ごしていたビアトリクスにとって、

1882年レイ・カースル邸でのポター一家

湖水地方の景色はどう映ったのでしょうか。私が湖水地方に初めて旅したときのように、その息をのむような美しさに魅了されたのでしょうか？

実際にこのレイ・カースル邸を訪ねてみると、これが家族４人のための休暇に借りる家とは信じられないほどの圧倒されるような大きさです。最近まで学校として使われていましたが、モック・ゴシック様式のまるで要塞のように物々しい建物です。ポター一家は家族４人の他に何人もの使用人を連れてホリデーを過ごしていたので、この大きさも必要だったのかもしれません。ホークスヘッドの町からニア・ソーリー村に行く道の途中にこのレイ・カースル邸への標識が立っていますが、建物そのものは道からは見ることができません。ウィンダミア湖を望む丘の上の緑の中にひっそりとこの建物だけが聳《そび》え立っているのです。

レイ・カースル邸は、１８４５年にリバプールの外科医、ジェームス・ドーソン氏によって建てられた屋敷です。１８８２年7月21日の日記にビアトリクスは、「彼の妻の資産で建てられた家で、その資産は、彼女の父親のロバート・プレストン氏がジンで儲けたものだ。完成までに7年かかったとのこと。建物に使う石は、ウィンダミア湖を渡って運ばれてきた。年老いた馬がその石をこの家が建つ丘の上まで引っ張ってきたのだ」と書き記しています。

現在はナショナル・トラストによって管理され、公開されています。敷地内には宿泊施設もあるので、ポター一家の気分でここに滞在することも夢ではありません。

父のルパートは、この広い別荘に多くのアカデミックな知人を招待していました

ビアトリクスの湖水地方との出会いとなったレイ・カースル邸。現在はナショナル・トラストによって管理され、見学もできるようになっている

が、ビアトリクスは、その1人として招かれた、当時、地元の教区牧師であったハードウィック・ドラモンド・ローンズリー（1851〜1920）との運命的な出会いを果たします。ナショナル・トラストを創設した3人の一人であり、ビアトリクスに「彼がもっと若かったら結婚したい人物」と言わせるほど彼女を魅了した人物であり、ビアトリクスの才能を見抜き、絵本を出すようにと励ました人物でもありました。ビアトリクスの父親は彼を通してナショナル・トラストの自然保護の理念に賛同し、初代の永久会員となったのでした。数々の鉄道建設計画に反対して湖水地方の自然保護に尽くし、ハードウィック種の羊の保護、湖水地方の土地取得のための募金活動など、ローンズリー牧師が行っていたことは、後のビアトリクスが成し遂げたことそのものといえるほど、彼女に大きな影響を与えたことがわかります。ローンズリー牧師とのこの出会いこそ、ビアトリクスの生涯にとって最も重要な出会いとなったのです。

ピーターラビットの誕生

1892年、ポター一家は、11年ぶりにスコットランドに戻って夏の休暇を過ごすようになりましたが、その翌年1893年、ビアトリクス27歳のとき、スコットランドから元家庭教師アニー・ムーアの息子、ノエル少年に送った絵手紙が後に絵本となって出版されることになるとは誰が考えたことでしょう。

アニー・ムーア（旧姓カーター）は、ビアトリクスが17歳から19歳のときにドイ

1912年ウィンダミア、ギル・ヘッド（Ghyll Head）で、ビアトリクスの父、ルパートが撮ったローンズリー牧師とビアトリクス

ツ語の教師としてポター家に雇われた家庭教師で、ビアトリクスよりわずか3歳年上という同年代であったため、師弟の間柄以上に、仲のよい友達になりました。

1885年アニーは、結婚のために突然ポター家から去ることになりましたが、それ以降は、ロンドン市内に一家が住んでいたため、ビアトリクスは親友として彼女の家をよく訪ねていました。アニーは8人の子どもをもうけますが、絵手紙を送った頃は5歳のノエルを頭に4人の子どもがいて、その子どもたちをビアトリクスは、とても可愛がっていたのでした。

病気にかかったノエル少年の気分を紛らすため、その絵手紙を送ったのは、1893年9月4日、スコットランドのイーストウッド荘からのことでした。

ビアトリクスがペットの中でも特に可愛がり、スケッチの題材として好んでいたうさぎをテーマにお話を作ることは、ごく自然の成り行きだったようです。絵手紙では、ベンジャミン・バウンサーの後に飼ったうさぎで、ビアトリクスがとても可愛がったピーター・パイパー（ロンドンのシェパーズ・ブッシュで買ったベルギーうさぎ）がモデルとなっています（ベンジャミンは後に『ベンジャミン バニーのおはなし』のモデルとなります）。

ビアトリクスはそのベンジャミン、ピーターと名付けたうさぎをスコットランドや湖水地方のホリデーにも連れていきましたが、その可愛がりようは、「朝食の後、犬用の革製のリードをつけてキャベツ畑の端の牧草地まで連れていった」と日記（1892年8月）にも書かれています。

Eastwood Dunkeld
Sep 4th 93
My dear Noel,
I don't know what to write to you, so I shall tell you a story about four little rabbits whose names were—
Flopsy, Mopsy, Cottontail and Peter
They lived with their mother in a sand bank under the root of a big fir tree.

1893年ビアトリクスがスコットランドからノエル君に送った絵手紙。『ピーターラビットのおはなし』の絵本の元となった

それから7年後、ビアトリクスの絵の才能を認めていたローンズリー牧師に勧められて絵本を出すことを考えたときに、ビアトリクスが思い出したのはその絵手紙でした。幸いなことにノエル少年が大切にその絵手紙を取っておいてくれていたので、戻してもらって絵本に書きかえることにしました。

ちょうどこの時期のビアトリクスは、キノコ研究者としての道を閉ざされ、失意にあったことが、この絵本の仕事への情熱を高めたのかもしれません。

絵本は書きあがっても、6社の出版社からその出版を断わられ、ついにビアトリクスは、この絵本を自費出版します。1901年12月16日に250部が世に出ました。すると、その自費出版された絵本の出来映えを見て、最初は断ったフレデリック・ウォーン社がその出版を申し出てきたのです。そして1902年10月、記念すべき第一作『ピーターラビットのおはなし』の初版8000部が世の中に誕生したのでした。このピーターを主人公にしたうさぎのお話は好評を博し、その翌年には、『りすのナトキンのおはなし』（1903）、『グロースターの仕たて屋』（1903）と次々に絵本の出版が実現しました。そして、プライベートでも幸せが訪れます。これらの絵本の仕事を共にして親交を深めた編集者、ノーマン・ウォーン氏とやがて婚約することになるのです。

ところで、その絵手紙から3年後、30歳のとき、ビアトリクスは湖水地方のニア・ソーリー村、レイクフィールド邸（現イース・ワイク荘）でのホリデーを過ごします。それは、後半生を過ごすことになる土地との運命的な出会いだったのです。

1902年フレデリック・ウォーン社から出版された『ピーターラビットのおはなし』の初版本。子どもの手のひらに収まる「小さい本」の誕生

平らにする。
6．あらかじめ温めておいたオーブンに入れ、12～15分ほど、表面がひび割れたような感じになり、うっすらと焼き色がつく程度に焼く。クーラーにとって冷ます。

幼いビアトリクスは父方の祖父母の家、カムフィールド・プレイスに行くのが大好きでした。ロンドンから北へ汽車で1時間ほど、ハットフィールド（Hatfield）にあるこの家は、ビアトリクスが生まれた年に購入されました。自然溢れる環境、広い庭のあるこの家は、幼いビアトリクスにロンドンを離れて、自然の美しさ、古い家を愛する心を育てていったのです。カムフィールド・プレイスについて「世界で一番好きな場所」と日記に書いているほどです。

ビアトリクスは、特にその父方の祖母、ジェッシー・クロンプトン・ポターと気が合い、仲良くしていました。ジェッシーは、かつて優れたハープ奏者であり、美人で、年をとっても快活な女性で、ビアトリクスはその祖母の話に熱心に耳を傾けたとのこと。日記にもこの祖母と共にしたランチやお茶のことがたびたび書かれています。

イギリスではスーパーでも市販のジンジャースナップを売っていますが、ジェッシーおばあさんはビアトリクスとのお茶の時間のために家のコックに焼かせて、用意してくれたのでしょう。

ビアトリクスは、ジンジャースナップが「とても固くて、歯が折れそうだった」と書いています。どうしてそれほど固かったのかは、わかりませんが…。

子ども時代のビアトリクスが愛した、自然溢れる祖父母の家、カムフィールド・プレイス

幼いビアトリクスも楽しんだであろう、子どものおやつの定番、ターキッシュ・ディライト

Recipe
〈1〉

ジンジャースナップ

Gingersnap

■材料 （約40枚）
無塩バター：170g
ブラウンシュガー：100g
グラニュー糖：100g
卵：1個（Lサイズ）
トリークル（モラセス）：60cc
薄力粉：260g
重曹：小さじ1/2
塩：小さじ1/4
ジンジャー・パウダー：小さじ2
シナモン：小さじ1 1/2
クローブ：小さじ1/2
グラニュー糖：適宜

■作り方

1．ボールに室温に戻したバターを入れ、柔らかくしたら、ブラウンシュガーとグラニュー糖を加え、泡だて器、または電動ミキサーですり混ぜる。卵を溶いて少しずつ加えてすり混ぜ、モラセスを加えてさらにすり混ぜる。
2．薄力粉、重曹、塩、スパイス類を合わせてふるったものを加え、ゴムべらで混ぜる。
3．ラップ材でおおい、冷蔵庫で30分ほど生地が扱いやすくなる程度に冷やす。
4．オーブンを180度にあらかじめ温めておく。
5．冷やした生地を直径2.5センチほどの大きさ（約16g）に丸める。グラニュー糖（分量外）に全体をまぶし、天板に5センチ四方あけて並べ、瓶の底などを使って、上面を軽く押して、

2 Hilltop ヒルトップ ビアトリクスの夢の庭

It is as nearly perfect a little place as I ever lived in, and such nice old-fashioned people in the village ...

かつて住んだことのない完璧に近いちいさな場所、その村にはこれほど素敵な昔ながらの心の温かい住人がいる…

（1896年11月17日の日記より）

ビアトリクスは1896年夏に初めて訪れたニア・ソーリー村（Near Sawrey）での休暇を終えて10月にロンドンに戻り、しばらくしてから、その休暇を思い出して日記にこう記しています。この年の夏、ビアトリクスは30歳の誕生日を迎えたばかりでした。

ニア・ソーリー村との出逢い

初めてエスウェイト湖に面したレイクフィールド邸（Lakefield）（現イースワイク荘（Ees Wyke））に滞在したビアトリクスでしたが、そのときすでに、将来この村に家が持ちたいと日記に書くほどにこの村を気に入ってしまったのでした。
ただし、その夢が実現するには、それから9年の歳月がかかることになります。

その間にビアトリクスは、『ピーターラビットのおはなし』、『りすのナトキンのおはなし』、『グロースターの仕たて屋』、『ベンジャミンバニーのおはなし』、『2ひきのわるいねずみのおはなし』（1904年）と立て続けに5冊の絵本を出して、絵本作家としての地位を確立していました。

イギリスの湖水地方は、スコットランドに隣接するイングランド最北の国立公園。平坦な土地が国土のほとんどを占めるイギリスには珍しく、山々が連なり、そこに抱かれるように東西20キロ、南北30キロに渡って大小百あまりの湖が点在しています。そこからここが湖水地方と呼ばれるようになったのですが、イギリス人にとっては山々を歩くウォーキングのメッカであり、長い夏のホリデーを楽しむための絶好の場所であるのは昔も今も変わることはありません。かつては詩人のワーズワースもこの地に住み、数々の作品を残しました。またアーサー・ランサムが書いた『ツバメ号とアマゾン号』（1958）は、湖水地方のコニストン湖を舞台としています。類まれなこの自然が豊かな文学を生み出したのです。

その湖水地方の玄関ともいえる町がウィンダミア（Windermere）で、この町には湖水地方で一番大きい湖、ウィンダミア湖があります。湖水地方の多くの湖にはバイキング時代の北欧語に由来する名前がついており、「ミア」は「湖」の意味です。ロンドンから3時間半ほどの長い鉄道の旅を経てたどり着くのがこの町ですが、

『ツバメ号とアマゾン号』の中でも湖水地方が登場する。ここは、ハリハウ農家の舞台となった、コニストン湖畔に建つバンク・グランド・ファーム

駅前には大きなスーパーマーケットもあり、町の目抜き通り沿いにはレストランや雑貨店などのさまざまな店が並ぶ賑やかな観光地といった様子。湖畔には遊覧船乗り場もあり、箱根の芦ノ湖を思わせる雰囲気があります。

このウィンダミアからニア・ソーリー村に行く方法としては2通り。ひとつは国道A592をアンブルサイド、ホークスヘッド経由で行く方法、もうひとつはボウネス・オン・ウィンダミア（Bowness on Windermere）からフェリーボートでウィンダミア湖を渡って行く方法。フェリーボートといっても鉄のロープで対岸から引っ張るいかだのようなもので、車が8台のほかに、自転車やウォーキングを楽しむ人も乗るスペースがある便利な交通手段です。

ウィンダミアの町の賑わいを離れて、湖を取り囲む小高い山々を眺めながら、涼やかな湖水の風に吹かれる。湖畔から湖畔までのたった5分ほどの短い時間とはいえ、この時間は私にとって現実の世界からビアトリクスの描くお話の世界へと入るための序奏のように感じます。ですから私はたとえ車でも国道を通るのではなく、どうしてもこのフェリーで湖水を渡り、ニア・ソーリー村へと行く方法を選んでしまうのです。

フェリーを降りてからは緑に囲まれた田舎道を走る快適なドライブ。ニア・ソーリー村まで、歩いても1時間ほどで着きますので、時間があれば、のんびりと豊かな自然を感じながらウォーキングを楽しんでみたいものです。通り過ぎる森の、その木々の茂った中に、フォックスグローブのピンクの花がまるで貴婦人のようにす

（右）ウィンダミア湖　（左上）ロンドン・ユーストン（Euston）駅。湖水地方の入り口、オクセンホルム（Oxenholme）駅まで列車、そこから湖水線に乗り換えてウィンダミア駅まで約3時間半ほどの汽車の旅　（左下）ボウネス・オン・ウィンダミアと対岸を結ぶ渡し舟のようなフェリー

らっとした茎を風に揺らしています。石造りのホテルがあるファー・ソーリー村を通り、道はニア・ソーリー村へと続きます。木々の中に埋もれたようにある「ニア・ソーリー」と白地に黒の文字で書かれた小さな看板が唯一、この村への入り口であることを教えてくれるかのようにひっそりと立っています。

パッと見晴らしが開けて、石積みの塀づたいに一面の小高い緑の丘が現われると、もうそこはビアトリクスのお話の世界。ひっそりと時間の流れが止まったように、100年以上経った今もビアトリクスの時代そのままの暮らしが息づいているのです。

村にはホテルが2軒、B&Bが6軒（一部はティールームも兼ねている）、パブが1軒あるだけで、肉や魚、日用品を売る商店もないため、買い物はとなり村のホークスヘッドまで行かなければなりません。

人の数より羊の数が多いと言ってよく笑い話にもなるほど、この村も他の湖水地方の村同様、牧羊で生計をたてています。ですから2001年に口蹄疫が蔓延したときには、この土地の人たちは暮らしの糧となる羊を処分せねばならず、生活はどん底に落ち込んだといいます。

1905年にビアトリクスがこの地に自分の住まいとして買い取ったヒルトップ（Hilltop）は、この村のいわばハイストリートの西端に位置しています。

ポター一家がレイクフィールド邸に滞在しているとき、ポター家の御者だったデイヴィッド・ベケットと家族は、ヒルトップに寝泊りしていたため、ビアトリクス

ニア・ソーリー村のポストオフィス・メドウから広がる牧草地。羊がのんびり草を食む

もヒルトップを頻繁に訪ね、スケッチを楽しんでいました。ヒルトップがすでに魅力的な場所であることを知り、しかも気に入っていたので、売りに出たときにすぐに購入することを決意できたのでした。

今やヒルトップは、ビアトリクス・ポターファンの聖地となり、世界中から多くの人々がこの湖水地方の隠れ里を目指してやってきますが、実はヒルトップが当時から今に至るまで牧羊農家だということはあまり知られていないようです。ビアトリクスは、購入する以前からこのヒルトップに住んでいたキャノン一家に引き続き牧羊を任せることを決めました。そして、ヒルトップを増築し、その新しく建て増しをした部分にキャノン一家を住まわせ、自分は17世紀に建てられた、元からある母屋を使うことにしました。その増築が終わるまでに丸一年かかったといいます。

ビクトリア時代には良家の子女は結婚するまで両親と一緒に暮らさなければならない、というしきたりがありました。30歳を過ぎてもビアトリクスがホリデーを両親と共に過ごしていたのは、こうした背景があってのことでした。こうしたロンドンでの両親との生活のしがらみもあり、せっかく増築までしたヒルトップにもはじめのころは、一年を通して1か月ほどしか過ごすことはできなかったようですが、それでもビアトリクスにとってこのヒルトップは、長い汽車の旅にもめげず通い詰める価値のある、自分自身の聖地だったのでしょう。

「ポターさんのおかげだよ、わたしたちが今こうしてここで商売をしていられるのは。」

農場が広がるジマイマの森の方から眺めるヒルトップ

この村で、B&Bとティールームを経営する「バックル・イート」のご主人はこう言って目を細めていました。ヒルトップがあるからこそ、この村に人がやってきて、そのおかげで商売ができるということです。ビアトリクスは今もこうして村人たちの生計を助けているのです。そして訪れた者はヒルトップのような建物も、この村の景色も、ビアトリクスが生きた100年以上も前の昔のままに残されていることに感動します。それは、ビアトリクスが絵本の印税で得た自分の資金で土地を買い取り、死後遺言で、自然保護団体であるナショナル・トラストに寄付していったからこそのものであり、すべてがビアトリクスのおかげであるのです。

ビアトリクスの庭づくり

ポストオフィス・メドウと呼ばれるどこまでも続く緑の牧草地に面して、バスの乗り降り専用の駐車場があり、「ヒルトップ」というサインがあります。ナショナル・トラストのシンボルマーク、「ドングリ」が描かれた白い看板です。

ヒルトップの入り口には、「エントランス・ロッジ」と呼ばれる石造りの家が建っています。

「これがヒルトップ？」

何も知らないと、この建物をそう思ってしまいそうです。現に私が1984年夏、初めてここを訪れたときにはそう思ったものでした。

『こねこのトムのおはなし』（1907年）、『ひげのサムエルのおはなし』（19

（右上）ヒルトップの入り口にあるエントランス・ロッジ。ここがショップになっている　（右下）ヒルトップの庭の野うさぎ　（左）ヒルトップを示すナショナル・トラストの標識

０８年）や『あひるのジマイマのおはなし』など、ビアトリクスの絵本の舞台としては一番多く登場するヒルトップはここから入った奥にあるのです。

門を通り、階段を数段のぼると、左手にそのエントランス・ロッジがあり、ここは、ナショナル・トラストのショップになっています。ビアトリクスに関する書籍、絵本、ピーターラビットなどのグッズが所狭しと並んでいる、いわばお土産やさんです。この横を通り過ぎると、そこがヒルトップの庭への入り口となっています。

初夏から夏にかけては、ヒルトップのコテージへと続く小道の両側には溢れるように色とりどりの花々が咲き乱れて、まるで秘密の花園のようです。

小道に沿って、「ボーダー」（border）と呼ばれる細長い植え込みが続きます。この植え込みもビアトリクスが購入してから造られたものですが、ロンドンで生まれ育ったビアトリクスは、ヒルトップを購入するまで庭いじりはしたこともなかったといいます。ところが、1年をかけたヒルトップの増築が終わると、ビアトリクスは庭造りに夢中になっていくのです。ビアトリクスにとっては、多くのイギリス人がそうであるように、庭は部屋の延長であり、蔑《ないがし》ろにはできなかったのでしょう。顔見知りになったニア・ソーリー村の住人たちの庭から挿し木用の枝や植物をもらい受けて、自らの手で植えていったといいます。よその家を訪ねるときは必ずバスケットを持ち、挿し木をするためにこっそりと切った枝を入れて持ち帰り、自分の庭の植物を増やしていったようです。

ビアトリクスがヒルトップを購入してから2年目に出版された『こねこのトムの

ビアトリクスが造り上げた、花々が咲き乱れる美しいボーダー花壇

ヒルトップのボーダー花壇を飾る、昔から愛されてきた花々。右上から時計回りにユークリフィア、フォックスグローブ、レディースマントル、ソープワート、グーズベリー、ルゴーサローズ

『こねこのトムのおはなし』ヒルトップのコテージと春の花が咲き乱れる前庭は右の写真の場所がそのまま描かれている

おはなし』にこの庭が登場するのは、ビアトリクスが何もない荒地から始めて、ようやく花々が咲きそろうまでになった自慢の庭を披露したかったからかもしれません。

『こねこのトムのおはなし』は、お母さんねこのタビタ・トウィチットさんが友人を招くお茶会のために、やんちゃ盛りのこねこたちによそ行きの洋服を着せ、いい子に見せようとして見栄を張ったばかりに失敗してしまうお話。

花盛りの庭を小道づたいにヒルトップのコテージが見えるところまで歩いて行くと、そこから見える景色が『こねこのトムのおはなし』の中で、かんかんに怒ったトウィチット奥さんが、息子のトムたちを引っ張るようにして連れ戻す場面と重なります。お客さんが来る時間になってこねこたちを迎えに行くと、せっかくのよそ行きの洋服をこねこたちが脱いでしまって、石塀の上で遊んでいるのを見てトウィチット奥さんがかっとなり、怒った様子がよく表れているところです。実はこのこねこのモデルは、塀の上に登って遊んではビアトリクスを怒らせていた村の子どもたちとのこと。『こねこのトムのおはなし』の献辞には「すべてのいたずら小僧たちに――とくに私の庭の塀によじ登る連中たちに」と書かれているのはそのためです。子どもとは元来こういうものなのに、むりやり大人がぶりっ子に仕立て上げようとするのがおかしいのだ、という風刺が込められてもいるのです。

『こねこのトムのおはなし』ではカーネーションや水仙などの花が咲き乱れ、垣根には洋梨のピンクの花が咲いている春の庭の様子が描かれていますが、実際にこ

(右)『こねこのトムのおはなし』こねこのトムたちはお出かけ用の洋服をあひるたちにあげてしまう　(左)挿絵のモデルとなった白い門。直接庭に通じるこの門は現在は使われていない

の庭は春から初夏にかけて（5月から7月頃）訪れると、花々がいっせいに咲き乱れる、一年で一番美しい様子を楽しむことができます。

そのこねこたちが登っている塀も、その横にある白く塗られた木戸も、現在も絵のままに残されています。かつて木戸はヒルトップへの正面の入り口として使われていたのです。また『こぶたのピグリン・ブランドのおはなし』（1913）にもこのヒルトップへと続く庭の小道が登場します。

現在この庭のガーデナーであるピーター・タスカーさんは、笑顔のやさしい、穏やかな雰囲気の方です。現在もヒルトップの庭では、ビアトリクスが植えていたものをできるだけ忠実に守っていこうとしているとのこと。ボーダー花壇の背後は、バラの絡まるトレリスで仕切られていますが、その向こうには、パドックと呼ばれる牧草地があり、まるでピーターラビットのような愛らしい野うさぎがのんびりと草を食んでいる姿も見られます。

「あの木はビアトリクスが植えたものだと言われているリンゴの木、ブラムリーの木ですよ。」そう言ってピーターさんが指さしたのは、そのパドックに植えられた、いかにも年代を経た太い幹をもつ木で、ブラムリーがたわわに実っていました。

ブラムリーは、クッキング・アップルとして料理に使うリンゴの1種。「クッキング・アップルの王様」の別名も持っています。火を加えるととろけるように柔らかくなり、酸味が強いその風味は、豚肉料理のソースをはじめアップルパイなどお菓子作りにも欠かせません。

（右）ヒルトップの庭を手がけるガーデナー、ピーター・タスカー氏（左上）ビアトリクスが植えたというブラムリーの木。8月にはたわわに実がなっていた（左下）料理、お菓子作りに欠かせないリンゴ、ブラムリー

200年ほど前にイギリスで生まれたブラムリーは、1856年にヘンリー・メリーウェザーという苗業者が目を留めたことにより、その苗が普及しました。1883年には英国王立園芸協会から最高賞であるFCC賞を受賞しています。ビアトリクスが1905年にヒルトップを購入したときには、すでにこのブラムリーはイギリスの家庭に広まっていたことでしょう。

ビアトリクスがいつこの木を植えたかは定かではありませんが、婚約者であったノーマン・ウォーン氏の姉であるミリー・ウォーンに、ウィリアム・ヒーリス氏との結婚祝いとして『ビートン夫人の料理書』が欲しいとリクエストしていたことからも、ビアトリクスもこの地で、自ら作るお菓子や料理に使うリンゴとして、この木を植えたいと思ったにちがいありません。

ブラムリーは近年、長野県の小布施町をはじめ、日本でも栽培されるようになりました。うれしいことにビアトリクスも味わったイギリスの味わいが日本でも楽しめるようになったのです。

『こねこのトムのおはなし』のポーチ

庭の小道を歩いて行って、たどりつくのがヒルトップです。コテージの前は、ちょっとした広場のようなオープン・スペースになっています。

ベンチも置かれていて、お天気の良い夏の日はここが絶好の記念撮影スポット。順番を待ってこのベンチに座り、写真を撮る人たちが絶えることはありません。見

ビアトリクスが住んでいたままに保存されているヒルトップ。現在もビアトリクスが住んでいたときと変わらず、フェンスから向こう側・左手の増築部分には、ナショナル・トラストからの借受人が住み、農場を管理し牧羊を行っている

学者も誰も歩き回らない中で、このベンチにのんびり、ずうっと座っていられたらどんなに心地よいことだろう、と訪ねるたびに思うほど、気持ちの良い場所です。一人占めにできたビアトリクスはさぞや幸せをかみしめたことと想像できます。

南に面して作られたヒルトップの入り口には、とてもシンプルな屋根のあるポーチが作られています。このポーチは側面2枚、屋根に2枚の合計4枚の薄い石の板で出来ています。これは、となり村であるホークスヘッドの北、アウトゲートの石山から切り出された、スレートと呼ばれる平石で、この地方ではポーチのみならず、家の壁面にも使われた材料でもあるのです。

このポーチに寄りかかったビアトリクス自身の写真が本などでよく使われていますが、夫であるヒーリス氏もこのポーチの前で椅子に腰を掛けた写真がありますから、おそらく2人ともこの場所が気に入っていたのではないでしょうか。シンプルなのに、どこかしら温かく、人を招き入れるように魅了する雰囲気のポーチです。

このポーチも『こねこのトムのおはなし』に出てくるのは、ポーチに続く庭の小道が描かれているところから見ても当然というべきでしょう。お話の中で、ヒルトップがトウィチット奥さんとこねこたちの家という設定なのです。

やっとよそ行きの洋服に着替えさせたこねこたちをトウィチット奥さんが「服をよごさないように」と言って外に送り出す場面はこのポーチです。

お茶会のご馳走として、トーストを作る間、邪魔されないようにこねこたちを外に出したのですが、そのポーチでこねこたちを送り出す奥さんは、いかにも準備の

（右）ヒルトップの玄関であるポーチ
（左）『こねこのトムのおはなし』ポーチからこねこたちを送り出す母親タビタ・トウィチットさん。手には「トースト用フォーク」を持っている

途中といった様子で、右手に銛《もり》のような形をしたものを持っています。これは、暖炉の火にかざしてトーストを作るためにパンを刺して使う、「トースト用フォーク」と呼ばれるもので、今もイギリス人の家庭では暖炉の脇に吊り下げてあるのを見かけます。この場合のトーストは朝食に食べるような食パンではなく、イングリッシュ・マフィンという丸いパンや、レーズンの入ったティー・ケーキと呼ばれるパンで、その厚みを半分に切ってこのフォークに刺し、スライスした面をこんがりと直火であぶるのです。トーストした焼きたての熱々にバターをしみ込ませたマフィンやティー・ケーキはお茶と一緒にいただきます。

お客さんが来る前のお茶会の準備で一人忙しくしているお母さんの様子が、その手に持ったままのトースト用のフォークにも表れています。

ジマイマの野菜畑

ポーチから見ると広場のようなスペースを隔てて、ちょうど正面に、青緑色に塗られたエレガントな雰囲気の鉄の門があります。その門は塀に囲まれた小さな庭、ビアトリクスがヒルトップを購入する前からあった唯一の庭へと続きます。

畑の真中にシャベルが土に刺してあり、その横にはじょうろや土ふるいがさりげなく置いてあって、いかにもピーターうさぎが出てきそうですが、ここはピーターではなくあひるのジマイマにちなんだ菜園、いわゆるキッチンガーデンです。

『あひるのジマイマのおはなし』は、卵を抱く場所を探して森に入ったあひるの

ヒルトップのポーチにたたずむビアトリクス
（1913年、友人のアメリカ人が撮影）

ジマイマがきつねの紳士に出会い、あやうく丸焼きにされるところを猟犬たちに助けられるというお話。

ジマイマが丸焼きにされるとは一言もお話の中には書かれていませんが、きつねの紳士が「セージ、タイム、ミント、それに玉ねぎ2個とパセリをすこし」をとって来るようにとジマイマに命じるところから、その魂胆が読者にはわかってしまうという仕組みです。というのも、きつねの紳士はオムレツを作るための材料と言っていますが、これらのハーブは丸焼きにする鳥のおなかに詰める「セージ&オニオン」というスタッフィング（詰め物）の材料そのものであることから、イギリス人なら誰もがきつねの紳士がジマイマを丸焼きにして食べようとしているのがわかってしまうのです。

自分のおなかに詰めるためのハーブとは露とも知らずに、ジマイマがこれらのハーブを摘む様子が滑稽ですが、そのハーブが植わっているのが、この庭です。

この「セージ&オニオン・スタッフィング」は、本来はきつねの紳士のようにフレッシュなハーブで作るものですが、最近では乾燥させたハーブをあらかじめミックスした手軽なインスタントのものがスーパーで売られています。逆にいえば使われる頻度が高いからこそ、インスタントのものが出回るということかもしれません。

イギリスの家庭では、あひるに限らず、鳥の丸焼きはローストビーフと並んで、週末に作るロースト料理の代表で、しかも昔ながらの料理法を大切にするお国柄ですから、今もこのハーブをミックスしたスタッフィングは愛用されています。

（右）箱に入って売られているインスタントのセージ&オニオン・スタッフィング
（左）『あひるのジマイマのおはなし』に描かれたキッチンガーデン

実はこのあひるのジマイマは、ビアトリクスがヒルトップを購入したときに住んでいたキャノン一家が飼っていた実在のあひるでした。キャノン一家はビアトリクスが購入後も引き続きヒルトップに住まわせ、ここでの牧羊を任せるのですが、このお話は一家の息子と娘、ラルフとベッツィのために書かれたものでした。英語版の絵本には献辞としてそのことが明記されています。

それを表すように、石井桃子氏訳の翻訳書では4ページに納屋の入り口で鳥たちに餌をやっているミセス・キャノン、8ページではミセス・キャノンと息子のラルフがジマイマと共に野菜畑の鉄の門を挟んで描かれています。

もうひとつ、この野菜畑で注目したいのは、ルバーブという植物。挿絵では野菜畑にいるジマイマのすぐそばに描かれています。日本では長野県で多く栽培されているものの、未だに知る人は少ないようです。ところがイギリスでは郊外の家の野菜畑には必ずといっていいほど、栽培されているものなのです。挿絵のようにこのルバーブは、蕗《ふき》に似た大きな葉に、根元の赤味がかった茎をもつ植物で、タデ科の多年草です。この茎が食用になるのですが、別名「パイ・プラント」とも呼ばれるように、パイの具に多く使われます。一見硬そうな茎なのですが、大まかに切って煮ると、あっという間に溶けるように柔らかくなるのが特徴で、そのためジャムにしても好まれます。体からカルシウムを取ってしまうというので、生クリームやヨーグルトなどの乳製品を合わせるのが習慣になっています。

(右)『あひるのジマイマのおはなし』蜂の巣箱、ルバーブ、緑色の鉄扉、ジマイマ、少年とその母親まですべてがヒルトップの生活そのもの
(左上)ルバーブ　(左下)今もヒルトップにはジマイマそっくりのあひるが飼われている

『パイがふたつあったおはなし』の秘密の井戸

「秘密の井戸」ともいうべき井戸は、残念ながら一般公開されていないところにあります。公開されているヒルトップの母屋から増築した、元はキャノン一家が住んでいた建物の敷地内にあり、今はフェンスで仕切られていますが、背伸びをして覗き込むと、ドアの近くに『パイがふたつあったおはなし』（1905）の挿絵そのものの真っ黒い井戸のポンプを見ることができます。

この井戸は長い間、どこにあるのか私にとって謎でしたから、発見したときの喜びは格別でした。

イソップ物語の中のきつねとつるが互いに平皿と壺で招待し合う話が裏にある、と私の恩師で児童文学者の吉田新一先生が書いておられるお話が、『パイがふたつあったおはなし』です。

犬のダッチェスはねこのリビーにお茶に招待されます。2匹は人間のように2本足で歩き、服も着ていますが、習性は元の動物のまま。ねこのリビーがねずみのパイを用意すると直感した犬のダッチェスは、ねずみの入ったパイなどとても食べられないと、自分が作った仔牛とハムのパイをリビーの家のオーブンにこっそりと入れに行きます。ここがちょうどきつねとつるの平皿と壺にあたるところです。

ところがリビーの家のオーブンは上下2段あって、下の段でリビーはねずみのパイを焼いていたのに、ダッチェスはそれに気づかず、上の段に自分のパイを入れて安心して帰って来るのです。けれどもお茶会で出されたパイを食べながら、自分の

（右上）ヒルトップの増築した部分の敷地にある井戸　（右下）イギリスでは『パイがふたつあったおはなし』の主役ともいうべきパイ（パイ・ディッシュと呼ばれる陶器の中に肉の煮込みなどを入れて、パイをかぶせて焼いた一皿）が今も楽しまれている　（左）洗い物をしに井戸に来たところ、割れたパイ皿を見つけ、不思議に思うリビー

パイに入れておいた「パティー・パン」（パイ皮がへこまないためにパイ皮の下に入れる道具）がいくら探しても出てこないことに不安を覚えます。その「パティー・パン」を食べてしまったのだとダッチェスは大騒ぎ。結局オーブンに自分の入れたパイを発見し、苦労したにもかかわらず、ねずみのパイを食べてしまったことを知るという何とも喜劇的なお話なのです。

ダッチェスは、リビーが席を外した間にオーブンに入ったままになっていた自分の作ったパイをこっそりと取り出し、持ち帰るためにこの井戸のところに置いておきます。ところが鳥たちがパイをついばみ、終いにパイ皿まで割ってしまうのです。お茶会に使った食器を洗うために井戸のところにやってきたねこのリビーは、この割れたパイ皿の破片を見て、不可解なことばかり起こるのにうんざりし、今後はいとこのように気心の知れた、自分と同じねこを招くことにしよう、と心に誓うのでした。そこにはポター家が属していた中産階級の、同じ階級同士でないと招かないような社交や風習に対する風刺、揶揄もこめられていると考えられているのです。

ビアトリクスこだわりのインテリア

それでは、いよいよヒルトップの建物の中に入ってゆきましょう。

１９０５年、ビアトリクスが39歳のときに購入したヒルトップの室内を、ビアトリクスはそれまで温めつづけていたアイデアで整えてゆきました。

１８８４年、ビアトリクスが18歳のとき、オックスフォードに滞在中に両親と一緒にアンティークショップへ出かけています。家具や陶器など古いもので埋め尽くされたその店の中で、特にポターの目を惹きつけたのは、オーク材で作られた食器棚（ドレッサー）でした。湖水地方に初めて滞在したレイ・カースル邸にあったものと似ていることから、ビアトリクスは、とりわけこの食器棚に魅せられ、手に入れたいと思ったのでした。日記には、こう書かれています。

「もし私が家を持つことができたなら、アンティークの家具でそろえるでしょう。マホガニー材の家具はパーラーに、オーク材の家具は居間に、チッペンデール様式の椅子は書斎に。アンティークの家具は、新しいものほど高い値段ではないし、比べるまでもなく、美しく、しかもよく作られているものが多い」と。

この古いものを愛するビアトリクスの家具への好みは、終生変わることはありませんが、それから20年後、ヒルトップという農家に巡り会うことによって、ようやく実現することになるのです。ビアトリクスにとってついに自分の城を持つという夢がかなったのです。それは、娘は結婚をせず、自分たちの老後の面倒を見るべきという偏屈な考えを持った両親からの独立の意味でもありました。

１９０５年にビアトリクスは婚約者であったノーマン・ウォーンを亡くしましたが、１９１３年に47歳で、地元の弁護士であったウィリアム・ヒーリス氏と結婚し、すでに購入してあったニア・ソーリー村にあるカースル・コテージへと引っ越します。けれどもヒルトップはそのまま訪問客や仕事場のために維持しつづけるのです。

『ひげのサムエルのおはなし』に描かれたヒルトップのホールにあるドレッサー（食器棚）。ビアトリクスはこれに似たドレッサーを自ら購入し、ユーツリー・ファームに取り付けた（161ページ参照）

「家具はとても良いものばかりなので、注意して住んでくれる人でなければ貸すことができない」と、50歳のときにビアトリクスは書いていますが、結局このヒルトップは人に貸すこともなく、自分だけで使うことにしたのは、ヒルトップへの思い入れが強かったことの表れにちがいありません。夢の実現であった、愛着のある場所、ビアトリクスにとってのファンタジーの世界を他人に使わせることなど忍びなかったのです。

それを裏付けるように、ビアトリクスは結婚後はここに住んでいないにもかかわらず、古い家具を見つけては買い足したり、小さなところの改装などに手をかけることを惜しみませんでした。

17世紀に建てられたこのヒルトップで、ビアトリクスが使っていた母屋は、6部屋が公開されています。ホール、パーラー、寝室、トレジャールーム、居間、そしてニュールームと呼ばれる部屋です。

ポーチからドアを開けるとそこがホールと呼ばれる部屋。その大きな木の扉も『ひげのサムエルのおはなし』に描かれているものです。

明るい日差しを浴びながら、庭の小道を歩いた後でこの部屋に入ると、薄暗く、ひんやりと涼しく感じられるほどです。４００年以上も経った古い建物だけあって天井は低く、その天井には頑丈そうなオークの梁《はり》が渡っています。左手にはまっ黒に磨かれた調理と暖房を兼ねたレンジ、正面には大きな食器棚（ドレッサー）が真っ先に目に入ります。ジョージア朝風のドレッサーは１９０６年に新品でポターが

『ひげのサムエルのおはなし』屋根裏に住むねずみ夫婦にローリー・ポーリー・プディングにされそうになるこねこのトム。この絵本は何年も前にビアトリクスが飼っていたペットのねずみに捧げられた

（左ページ）ヒルトップに取り付けられている直火式レンジ。中央が火床、左がオーブン、右が湯沸しタンクとなっている

購入したもの。そしてそのどちらもが『ひげのサムエルのおはなし』の挿絵に描かれているものなのです（41ページ参照）。

『こねこのトムのおはなし』の最後にビアトリクスは、「いつかきっとわたしは、またべつのもっとながいほんをかいて、こねこのトムのおはなしをあなたがたにすることになるだろうと、おもいますよ」（石井桃子氏訳）と書いているのですが、それが実現したのが『ひげのサムエルのおはなし』です。このお話は当初は『ローリー・ポーリー・プディング』の題で１９０８年に出版されたもの（１９２９年に『ひげのサムエルのおはなし』に改題）ですが、購入から3年をかけて整えられたビアトリクス自慢のインテリアを披露すべく、ヒルトップの室内がふんだんに舞台として登場しているのが特徴です。やんちゃなトムはこのお話でもそのいたずらっこぶりを発揮して、最後には天井裏に住むねずみにつかまってしまい、ぐるぐる巻きのローリー・ポーリー・プディング（石井桃子氏訳では「ねこ団子」）にされて食べられそうになるところを、犬の大工さんに助け出されます。

そのやんちゃなトムが煙突へとのぼろうとするのが、暖炉のようにも見える、黒々と光ったレンジ。ホールの中でひときわ存在感のあるものです。もともとこのヒルトップに設置されていたものが挿絵の中に描かれたのですが、それは後になってビアトリクスによって外され、平炉だけになりました。今、ヒルトップにあるものは、もともとあったレンジに似たものを捜し求め、１９８３年に取り付けられたといいます。

『ひげのサムエルのおはなし』このレンジからいたずらなトムは、煙突をのぼり、ねずみ夫婦の住む屋根裏に迷い込んでしまう

挿絵にも描かれ、今もヒルトップに見られるこのレンジの形は直火式レンジと呼ばれるもの。このレンジは中央に調理もできる火床があり、左側に鋳鉄でできた固定式のオーブン（専用の火床が付いている）、右側に中央の火床の熱で温める湯沸かし用の鉄製タンクが付いています。

このレンジからイギリスでの料理の歴史が垣間見ることができるのが私はおもしろいと思うのです。とても原始的な方法に思えますが、それまでは平炉と呼ばれる、石板の上で燃やした薪の火でじかに煮炊きをしていたのですから、このレンジの導入で料理は格段に進歩するわけです。煙突はすでに14世紀に普及し始め、肉を焼いたりするときに煙で涙を流すこともなくなり、その煙突が作りやすいように炉はしだいに部屋の真中から壁のほうに移動し、この台所用のレンジはそれまで平炉があったところに設置されていったのです。

このレンジの発達には18、19世紀の鉄と石炭の普及が背景に存在します。18世紀半ばにコークスを使って良質の鉄を作る方法が発見され、鉄は鋳物《いもの》を大量に作ってもイギリス中に安く売れるほど質量ともに安定しました。同時に石炭も安く多量に供給できるようになり、燃料もそれまで一般的だった木材から石炭に変わっていき、火床が発達していくのです。

『ひげのサムエルのおはなし』では、レンジから煙突にのぼっていこうとするトムの尻尾が見える挿絵があって、そのレンジは左側に取っ手の付いたオーブンらしき箱、右手には下のほうに蛇口の付いた箱が描かれています。今ヒルトップにある

『ひげのサムエルのおはなし』やかんをかける鉄棒の上に飛び乗ったこねこのトム。怖い目にあうとも知らず、煙突の中をのぼっていく

のもこれと同じ形ですが、この蛇口は一体何なのだろうと最初に見たときから思ったものでした。

調べてみると、このレンジも真ん中が台付きの火床になっていて、その火床が湯沸かし用の鉄製タンクを温める仕組みになっていることがわかりました。蛇口はその湯沸かし用のタンクで温められた湯を注ぐためのものだったのです。調理用のレンジがオーブン、湯沸し器と一緒になった一体型というきわめて便利なものなのです。しかも冬は暖炉のように暖房の役目も果たすわけです。

現在では田舎にあるイギリスの家でよく見られるアガー・オーブン（1920年代終わりにスウェーデンから導入）がこのレンジの進化したものです。私もいつかはこのアガー・オーブンを手に入れたいと夢見ているのですが、それというのも、熱のあたりが柔らかいのでこのアガー・オーブンで焼いたケーキの味は驚くほどしっとりとおいしく焼きあがるのです。

ヒルトップのホールに今ある直火式レンジは後から似たものを取り付けたものですが、ビアトリクスがこれほど便利な調理道具をなぜ取り外したかというと、レンジが入る前の平炉に戻すためでした。というのも、ビアトリクスの時代には昔ながらのコテージのスタイルに戻すことが流行り、リビングルームを素朴な雰囲気にするためでした。台所としての機能を同時に持たないようにしたのです。しかしそのためには、どこか他に、調理をする場所が必要になったということになるのです。

リビーのポットの置かれたパーラー

ホールに続くもうひとつの部屋がパーラーと呼ばれる部屋。ホールがいかにも農家といったオーク材の梁や石の床であるのに比べて、こちらは木の床に絨毯が敷かれ、マホガニーの木が張られた柔らかな茶色の壁、テーブルや家具などもマホガニーでそろえられています。しかもビアトリクスが取り付けたという大理石でできたマントルピースがこの小さな部屋を、ひときわ洗練された雰囲気にしています。

部屋の隅にある壁掛けのマホガニー製の食器棚で、そのティーポットを見つけたときは、自分だけが発見したような気がして何やらとても嬉しく、そのときの感激は何年も経った今でもよく覚えているほどです。

そのティーポットとは、『パイがふたつあったおはなし』の中でさりげなく描かれているので、気がつかない方も多いかもしれません。ねこのリビーが家に犬のダッチェスを招いて行うお茶会の場面で、テーブルに置かれているのがそのティーポットなのです。ティーポットの蓋の部分に金色の王冠が描かれているのが特徴ですが、王冠の中がピンク色なのはおそらくその王冠が置かれた台座の布の色でしょう。ふっくらとしたポットの形も王冠の蓋にぴったりと合って優雅な雰囲気です。

このティーポットはビクトリア女王の後王位についたエドワード7世（１９０１～１９０９）の戴冠を記念して作られたもの。こうしたところにもビアトリクスの「私は創作《インベント》できない。模倣《コピー》する」と言った言葉が裏付けられているように思えます。しっかりとした現実の世界の上にファンタジーが成り立っていることが、こう

（上）『ひげのサムエルのおはなし』ローリー・ポーリー・プディングの生地を拝借しにきたねずみのおかみさんの背景にはホールに置かれたドレッサー（食器棚・35ページ参照）が描かれた　（左下）お茶会の準備をするねこのリビー。オーブンの上には紅茶を入れたエドワード7世戴冠の記念ティーポット（右下写真）が置かれている（16ページの挿絵も参照）

した小さな部分を見ても明らかなような気がするのです。

絵本には使いませんでしたが、ビアトリクスには、このお茶会の場面を違う雰囲気で描いた絵があります。お茶会を開くねこのリビーの部屋の設定は、ニア・ソーリー村に住むミセス・ロードという人のコテージなのですが、そこに用意されたお茶のテーブルの上にもこのエドワード7世の戴冠記念のポットが大きく描かれているのです。ビアトリクスはよほどこのポットがお気に入りだったのかもしれません。

モリスの壁紙の寝室

踊り場にある大きな窓から明るい日差しがふりそそぐ階段を、みしみしときしませながら2階に上がると、そこにはもともとあった3部屋と、奥まったところにビアトリクスが増築して書斎として使った1部屋があります。

ホールの真上がちょうどビアトリクスが寝室として使っていた部屋になっています。

この部屋で一番大きな家具は、4本柱がついた「フォー・ポスター・ベッド」。17世紀のもので、ビアトリクスがカンバーランド地方の村、ワルコープに近い農家から買い求めたものですが、ビアトリクスはこんなに背の低い人だったのかと意外に思うほど、小さなベッドです。

そもそもこのフォー・ポスター・ベッドというものは、その柱の回りにカーテンを付けて、部屋と部屋の区切りのないような、広い宮殿などに置いて使われました。

部屋の区切りがないので、ベッドの周囲を家来やら大勢の人が通る中で、寝るためだけでなく、プライバシーを守るための個室としての役割がこのベッドにあったのです。イギリスのマナーハウスのような高級なホテルに泊まると、今でもこの様式のベッドが置かれていることも多く、それだけで優雅な気分になるものですが、実は本来の使い道としてはこうした実用的な意味合いがあったのです。

ビアトリクスはこの寝室を、ヒルトップを購入してから結婚するまでの間使っていたのですが、結婚後は、寝室として使わなくなってからも家具を買い足したり、模様替えをしたりして、今に残る部屋の状態になるまで、購入から35年もかけて整えたといいます。そのひとつの例として、フォー・ポスター・ベッドの天蓋のカーテンとなる緑のダマスク地の刺繍を、ヒルトップ購入から30年も経った1935年に始めているのです。それから4年後、体調を崩して入院していたときにもその刺繍を続け、退院後の療養期間についに完成させるのです。

「出かけられないときには、天蓋のカーテンを仕上げるような仕事はとても楽しいことだと言わなければいけませんね」とビアトリクスは書き残しています。カーテンに使った緑の色は、幼少時代によく訪れていた祖父母の家、カムフィールド・プレイスで祖母が休んでいたベッドに使われていたカーテンが緑色だったという、郷愁の意味合いから選んだ色でした。

そして何度もこの部屋を見学していたにもかかわらず、2003年の夏に新たに発見したことがありました。それはこの部屋に使われている壁紙がウィリアム・モ

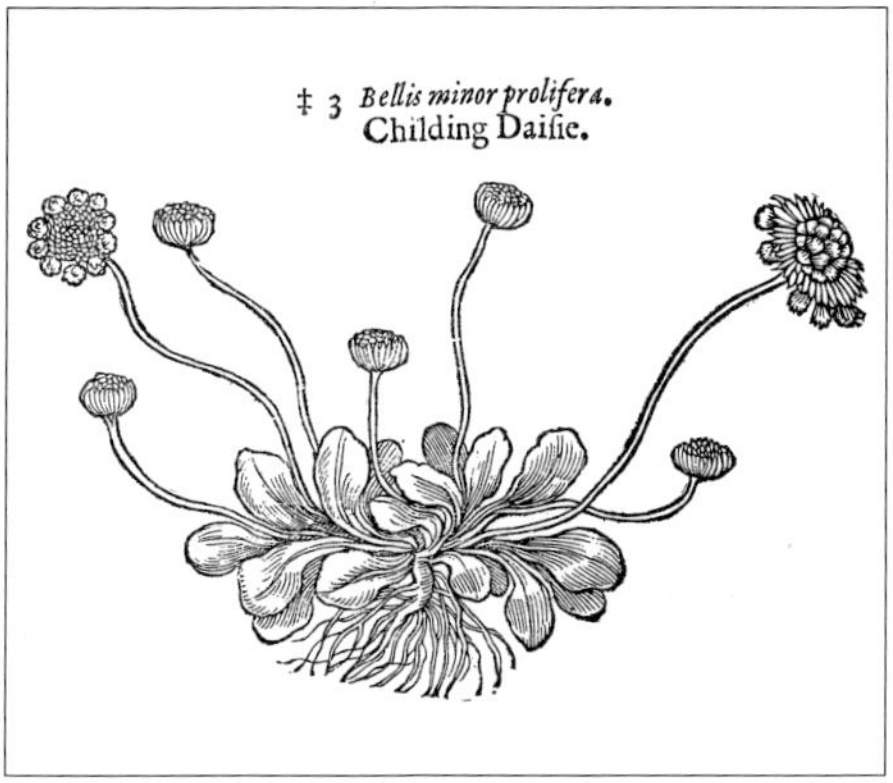

ウィリアム・モリスの壁紙、「デイジー」の図案の元となった『ジェラードのハーバル』のデイジーの木版画

リスのデザインした「デイジー（ひなぎく）」の模様だったということなのです。その夏はかねてからの念願だったモリスゆかりの場所、ケルムスコット・マナーやレッドハウスを訪ねたことで、頭の中がモリス色に染められていたせいで、その壁紙に目が留まったのかもしれません。

この壁紙が、自分としてはどちらも興味のあるビアトリクスとモリスのつながりを表しているように思えて、その寝室にいたナショナル・トラストのガイドの女性に思わず質問をしてしまいました。「この壁紙はモリスのデイジーのデザインですね。ビアトリクスが選んだものなのですか」と。

すると、「そうですよ。ビアトリクスが自分でモリス協会に注文して購入したもので、それから一度も貼り替えていないのですよ」という答えが返ってきたのです。

ビアトリクスはこの壁紙についてはこう書いています。

「水彩画や版画をかけるには、このデイジーの壁紙は図案が多すぎてふさわしくないけれど、私のフォー・ポスター・ベッドにはこの壁紙ほど合うものはないわ」と。

ところで、このデイジーというデザインは、ウィリアム・モリスが1862年に初めて発表した3種の壁紙のひとつで、それはビアトリクスが生まれる4年前のことでした。そして、モリスがそのデイジーの図案の元としたのがジェラードの『本草書』、いわゆる『ジェラードのハーバル』（*Gerard, The Herbal*）にあるデイジーの木版の絵なのです。モリスは子どもの頃からこの『ジェラードのハーバル』を

モリスの「デイジー」の壁紙が貼られたベッドルーム。ビアトリクスが手がけた天蓋のカーテン、家具もすべてがそのままに保存されている

愛読していたといいます。1899年に出版されたモリスの伝記の著者であるジョン・マッケイル氏は「彼は美しい木版の絵に興味を持ち、その多くが後になって初期の壁紙に使う花のデザインにアイデアを与え、ガラスやタペストリーのデザインをするときにも影響を与えた」と書いています。

また、娘のメイ・モリスの証言もあります。モリスは、2人の娘に『ジェラードのハーバル』をよく見せていたので、この本はやがて自分たち娘たちにとってもお気に入りの本になったと思い出を語っているのです。

この『ジェラードのハーバル』をビアトリクスも所有していたことも嬉しい発見でした。

『ジェラードのハーバル』が置かれたニュールーム

ビアトリクスの所有する『ハーバル』は、ビアトリクスが仕事をしたというニュールーム（書斎）に置かれたガラスのケースの中に展示されています。イギリスのハーバーリスト、ジョン・ジェラード著の『ジェラードのハーバル』は1597年に出版、トーマス・ジョンソンによって1633年に改訂されましたが、英語で出版された最初の植物の本であることで大変評価の高い書物です。ハーブについても数多く書かれているので、私もアメリカで出版されたファクシミリ版のものを手元に持っています。写真もない時代にあって、1800もの植物の木版画が盛り込まれているのも特徴です。ビアトリクスの所有しているものは1633年に出された

『妖精のキャラバン』で『ジェラードのハーバル』によってその薬効が調べられるハーブ、ルー。初夏には濃い緑の葉に黄色い花が咲く

改訂版です。キノコについても今の時代なら研究者になっていたというほど、専門的な知識を持っていたビアトリクスですから、植物に関してもこうした書物から学んでいたにちがいありません。

晩年の作品『妖精のキャラバン』には、この『ジェラードのハーバル』の書名がそのまま出ています。こぶたのパディがキノコのタルトを食べて具合が悪くなる場面です。

そのパディの治療のため、馬のビリーが台所の梁に乾燥させたハーブをたくさん持っているねこのメアリー・エレンを呼びに行きます。メアリー・エレンは「ジョン・ジェラードはあの大きな羊皮紙の本の中で何と言っていましたっけ。ペニー銅貨12個分の重さのルー（rue）はトリカブトやキノコの毒、蛇や蜂の毒などに効く……」と言いながら『ジェラードのハーバル』を広げて調べるのです。実際に『ジェラードのハーバル』では、ルーがもつ23の効能が挙げられています。

ここでメアリー・エレンはルーのことを「ハーブ・オブ・グレイス」（Herb of Grace）という別名で言い換えてもいますが、ジェラードもその名をルーの別名として併記しているのです。その理由としては、すぐれた薬効がたくさんあるから、とか、日曜日のミサで聖水をこの草でふりまくしきたりがあったからなどが挙げられます。

ルーはその強い殺菌力により、西欧で中世にペストが流行したときには、ペストよけのハーブとして尊ばれたほどでした。化学薬品がない時代の人々はこうした植

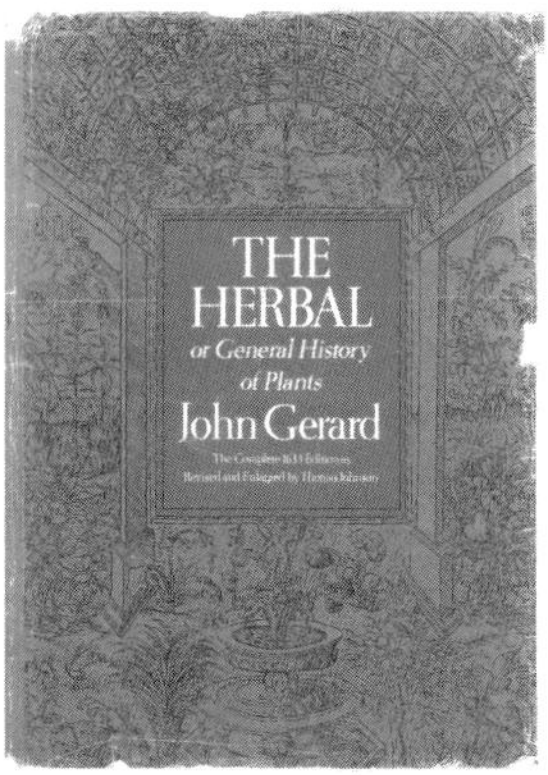

『ジェラードのハーバル』（ファクシミリ版）

『ジェラードのハーバル』の木版画のルー

物がもつ自然の効力に頼るしかなかったのです。

ジェラードは「ルーは胸がむかむかするような強い臭いがあり、刺すような味がする」と表現していますが、その臭いからか我が家で植えているルーは虫も食わず、生き生きと育っています。面白いことに、最近、ホームセンターではこのルーの臭いのせいでねこが寄り付かないとして、「ねこよけ」のハーブとして苗が売られているのを見かけます。

シェイクスピアの『ハムレット』でも、ルーとハーブ・オブ・グレイスと両方の名前が登場します。シェイクスピアは、父親がこの『ジェラードのハーバル』を所有していたため、子どもの頃から愛読していたといいます。実際シェイクスピアは小道具のように作品の中に植物やハーブを伝説や効用を踏まえた上で生かしているのです。

こうしてみると多くの芸術家にこの『ジェラードのハーバル』は親しまれ、愛用されてきたことがわかります。

なお、この部屋の窓からは、ニア・ソーリー村からモス・エークルス・ターン湖に続く曲がりくねった道が、屋根越しに見えるのですが、その眺めは『ひげのサムエルのおはなし』の中にそっくりそのまま描かれています。窓から見える家々の煙突には挿絵にあるようにスレート石で屋根のように蓋がしてあるのも今もそのままですが、これは雨よけのために造られたもので、その間から陽のひかりがこねこのトムがのぼっていく煙突に射し込んでいたのでした。

『ひげのサムエルのおはなし』ヒルトップの書斎の窓から見えるモス・エークルス・ターンへの道がスレート石で蓋をした煙突と共に描かれている

ビアトリクスの庭にモリスとジェキルが与えた影響

最後にまた庭へ戻りましょう。

ビアトリクスは初めての自分自身の庭を、ヒルトップにコテージ・ガーデンのスタイルで自分の喜びのために造り上げました。今やイングリッシュ・ガーデンの代名詞のように思われているそのスタイルは、どのようにして生まれたのでしょうか。

ビクトリア時代にあって、そのコテージ・ガーデンを呼び覚ました人物こそ、ウィリアム・モリスだったのです。ベッドルームの壁紙にモリスがデザインした「デイジー」を選んだビアトリクスですから、モリスたちによるアーツ&クラフツ運動にも興味を抱き、共感していたにちがいないと思われます。

アーツ&クラフツ運動というと、家具やテキスタイルに代表されるような、工芸品に関して起こったことのように思われがちです。実際、産業革命後、イギリスに大量生産による製品が出回り、中世から培われてきた手仕事が危機にさらされていました。

作る喜び、手仕事の楽しさは、かつて中世に存在していたものである、というのがモリスたちの信念でした。職人たちを救い、日常の生活用品に形や色彩の美しさを取り戻そうとしたのが「アーツ&クラフツ運動」です。庭においてもモリスはその考えを実現し、広めた人でもありました。家の部屋における概念を戸外の庭へと広げたのです。

ウィリアム・モリスが芸術家の友人たちと共に設計・建築・内装を手がけたレッドハウス。新婚生活を送る新居として1860年に建てられた。ロンドン南東、ケント地方の村、ベクスリヒースの閑静な住宅地にある。現在はナショナル・トラストの保護・管理の下、公開されている

（左ページ）ミス・ジェキルの影響が見られる庭の数々。右2点はシシングハースト・キャッスル・ガーデン、左はモティスフォント・アビー・ガーデン

モリスは、美しい家はもっとも重要な芸術品、庭は、家と周囲の地域とをつなげるために建物がまとうもの、家の一部として存在すべきであるとしました。そしてその庭に植えるものとして、野生の花、イギリスに元から栽培されていた花たちの復帰を導いたのです。

それはビクトリア朝の造園家が、輸入された外来種、ハイブリッド（雑種）や、花《か》卉《べん》植物の派手な大群に取りつかれているときにあっては、時代に逆行する革命的なことでした。イギリス原産の植物は、派手さはないけれど、自然で、それだけで静謐《せいひつ》な魅力を持っていることをモリスは認めていたのでした。

ビクトリア時代の庭園は、外国からもたらされた色鮮やかな花々を使って、隙間なく植えては模様を描き出す毛氈《もうせん》花壇が主流だったのに対して、素朴なコテージの自然な庭が見直されはじめ、それまで片隅に追いやられていた昔ながらの花や灌木《かんぼく》がよみがえりました。カーネーションやユリ、プリムラ、マーガレットなどイギリスのコテージ（田舎家）で育まれてきた植物です。

モリスはその素朴な花への愛情を「スノードロップがどこにでも咲いていて、近づく春の素晴らしい発想を与えてくれるのです。スミレがあちこちに顔を出し、色を増したイチゲサクラソウもあります。土の中から約束されていたものが芽生えてくるのはなんて美しくみえるのでしょう」と述べています。

モリスにとっての芸術の根源が「自然」の中にあったのです。

育種家が花の大きさや数を増やすために花を交配し、より目立つ八重咲きに改造

して作り上げたものを、モリスは「フローリストの花」と軽蔑して呼んでいました。今では当然のことのようになっている、庭に果樹や野菜を植えることも、庭を生産的にする、庭で育ったものを楽しむ、というモリスが提唱した考えでした。

モリスと並んで、コテージ・ガーデンにおけるパイオニアがいます。ビクトリア女王が即位した6年後に生まれたミス・ガートルード・ジェキル（1843〜1932）で、彼女こそ「偉大なガーデナーであり、絶妙な色彩感覚を持った真の芸術家」と称えられています。

ミス・ジェキルはモリスより9歳年下で、彼女の色とデザインに対する鋭い感覚、イギリスの自生の花々への尊敬の念は、モリスのパターンへの深い興味から生まれています。実際のところ、ミス・ジェキルはモリスらと交流があり、その趣旨に大いに賛同した一人でした。

彼女は、モリスの後継者として、アーツ&クラフツ運動に園芸を組み込んだ人物だと言われているのです。若い頃は画家として、20代後半で目が悪くなると庭のデザイナー、ライター、ときには種苗家として活躍しました。彼女が生涯でデザインした庭は250にも及びます。

イギリスの庭の代名詞ともなっている、サルビア、バラ、ジギタリス、アリウム、デルフィニウムなどの青、白、紫、ピンクなどの花が流れるように続く、帯状の寄せ植え花壇（ハーベイシャス・ボーダー）がありますが、イギリスの園芸愛好家たちがその一番のお手本はジェキルだといまだに口をそろえるほど、今もイギリスの

ウィリアム・モリスが「地上の楽園」と評し、1871年から3年間を過ごしたケルムスコット・マナー。コッツウォルズ地方南端、ケルムスコット村にある。モリスにデザインのインスピレーションを与えた果樹やバラなどが今も植えられている

あるべき庭のスタイルに貢献した人物です。ビアトリクスがヒルトップの庭を作り始める数年前の1902年、ガーデンのレイアウト、植栽についてビアトリクスに影響を与えたであろう、*Home and Garden*（『家と庭』）（未邦訳）という2冊目となる著作をミス・ジェキルは発表しています。

『こねこのトムのおはなし』にも登場する、ヒルトップに造られたようなボーダー状の寄せ植え花壇は、ミス・ジェキルが紹介したコテージ・ガーデンの美しさだったのです。ミス・ジェキルは「庭の目的は、花と緑を組み合わせて造る、もっとも洗練された絵のような美しさによって見る人の心に幸せを与えることです。そのような幸せと安らぎは、耐寒性の花を植えた家庭的なボーダー（帯状花壇）にあると私は思います」と書き、安らぎを与えるものとして花の香りの大切さも強調しています。

まさしくヒルトップのボーダーそのものです。

コテージ・ガーデンというと自然そのもので植栽のプランも何も必要がないように思われがちですが、実際は綿密なプランの下に造られ、管理されて初めて生まれる人工的な自然なのです。1906年、ヒルトップを購入した翌年、ビアトリクスはヒルトップから、亡き婚約者ノーマンの姉で、友人となっていたミリー・ウォーン宛ての手紙に「私はますますガーデニングにのめりこんでいます。私からのニュースは、いまのところ、ガーデニングのことばかりです」と書き送っています。そのビアトリクスの情熱の結果が、今のヒルトップの庭に結実されているのです。

ーム状にした無塩バター（分量外）を塗る。生地をのせ、膨らんだときの余裕を持たせてゆったりと包む。
4．アルミフォイルに包んだ生地を十分に蒸気の上がった蒸し器に入れ、1時間ほど、充分にふくらみ、火が通るまで蒸す。
5．蒸し上がったら、アルミフォイルを外し、厚めにスライスして、熱いうちにカスタードソース、またはアイスクリームを添えていただく。

ねずみの夫婦に、危うくローリー・ポーリー・プディングにして食べられそうになったトム。犬の大工、ジョン・ジョイナーさんに助けられて一命を取り留めます。

トムの体を包んでいたプディングの生地を剥ぎ取ってタビタお母さんが作るのが、バッグ・プディングです。床下でトムを巻いて転がしたために着いた生地の汚れを隠すために、タビタお母さんは、その生地にレーズンを加えて作るのです。どんな生地も無駄にしない、主婦の経済観念が表れていて笑いを誘います。

布で包んで、上を紐で結んで作るので、丸い球型に出来上がります。

おそらくこのプディングの正体に勘づいている大工のジョンさんは、勧められても「ミス・ポターに頼まれた仕事がある」と言って帰ってしまいます。

ここでは作りやすいように、布ではなく、アルミフォイルで包んだ作り方を紹介します。ローリー・ポーリー・プディングはこの同じ生地を平らに伸し、ラズベリージャムを塗ってくるくる巻いて蒸せば、出来上がります。

ローリー・ポーリー・プディングの仕上げに粉砂糖を振るプディング・クラブのシェフ

『ひげのサムエルのおはなし』より。左奥に見えるのがバッグ・プディング。

Recipe
〈2〉

バッグ・プディング

Bag Pudding

■材料　(4～5人分)
レーズン(できればカレント、ソルタナ、レーズンを合わせたもの):90g
ラム酒:大さじ2
薄力粉:125g
ベーキング・パウダー:小さじ1/2
塩:ひとつまみ
ミックス・スパイス(またはシナモン):小さじ1/2
無塩バター:60g
ブラウンシュガー:40g
レモンの皮:1/2個分(すりおろす)
牛乳:60cc

■作り方
1. レーズン類はざるに入れ、熱湯を上からかけてコーティングしてあるオイルを取る。水気を切ってボールに入れ、ラム酒をかけておく。1時間以上置いてラム酒をしみこませる。
2. 大きめのボールに薄力粉、ベーキング・パウダー、塩、ミックス・スパイスを合わせてふるい入れる。無塩バターを1センチ角に切って加え、粉類をまぶしながらさらに小さく刻み、両手をすり合わせるようにして粉類とバターをすり混ぜる。さらさらのパン粉状になったら、ブラウンシュガー、レモンの皮、1のレーズンを加え、さらに牛乳を加えて全体をよく混ぜ、柔らかい生地にまとめる。10センチほどの長さの棒状に整える。
3. アルミフォイルをこの生地を包めるほどの大きさに切り、裏面全体にクリ

3

Near Sawrey

ニア・ソーリー

ビアトリクスの時代の景色が残る村

I have often been laughed at for thinking Esthwaite Water the most beautiful of the Lakes. It really strikes me that some scenery is almost theatrical, or ultra-romantic ....

世界一美しい湖はエスウェイト湖だと思う。でも私がそう言うとみんなに笑われる。この湖の景色は劇的で、しかもこの上なくロマンチックで私の心を揺さぶるのだ。

（1892年9月29日の日記より）

ビアトリクスのファンタジーの世界は、身近な世界の綿密なスケッチの中に作られました。

歩いてでも容易に歩き回れてしまう、こじんまりとしたこの村には、ビアトリクスが絵本の挿絵の中に背景として描いた家々や景色、小道までがそのままに残っています。絵本の中に描かれた挿絵とモデルとなったその実際の場所を探しながら、また照らし合わせながら、この村を歩いて回る楽しさは、この村を訪れることの醍

ニア・ソーリー村の目抜き通りに建つ、タワー・バンク・アームズ（奥）とバックル・イート（手前）

【ニア・ソーリー村】

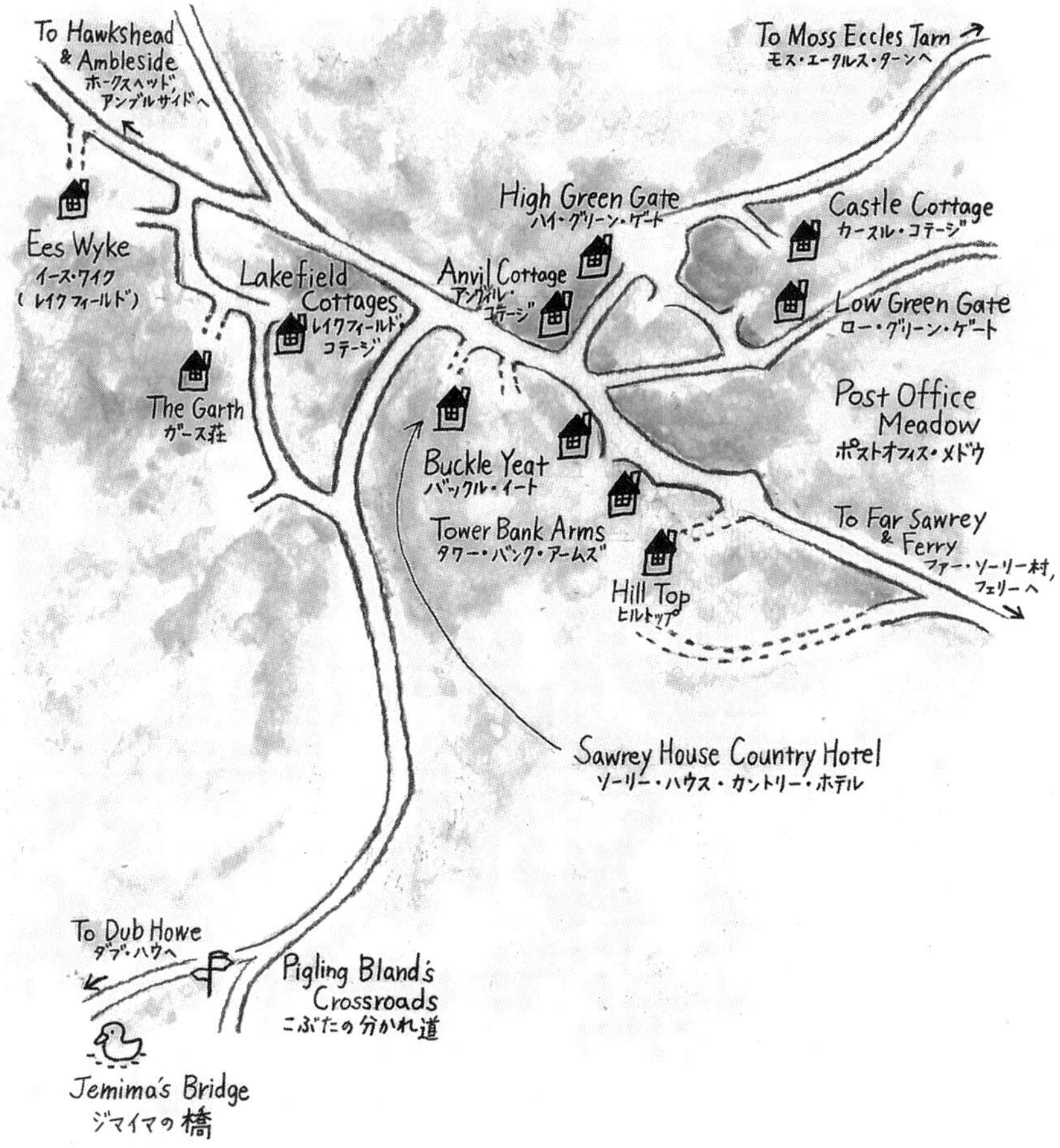
To Hawkshead & Ambleside
ホークスヘッド、アンブルサイドへ
To Moss Eccles Tarn
モス・エークルス・ターンへ
High Green Gate
ハイ・グリーン・ゲート
Castle Cottage
カースル・コテージ
Ees Wyke
イース・ワイク
（レイクフィールド）
Lakefield Cottages
レイクフィールド コテージ
Anvil Cottage
アンヴィル・コテージ
Low Green Gate
ロー・グリーン・ゲート
The Garth
ガース荘
Post Office Meadow
ポストオフィス・メドウ
Buckle Yeat
バックル・イート
Tower Bank Arms
タワー・バンク・アームズ
To Far Sawrey & Ferry
ファー・ソーリー村、フェリーへ
Hill Top
ヒルトップ
Sawrey House Country Hotel
ソーリー・ハウス・カントリー・ホテル
To Dub Howe
ダブ・ハウへ
Pigling Bland's Crossroads
こぶたの分かれ道
Jemima's Bridge
ジマイマの橋

醐味でもあり、ビアトリクスのファンタジーの世界がどうして生まれたのか、その背景を知ることにもつながるのです。

名物ソーセージのおいしいタワー・バンク・アームズ

ヒルトップの隣に建つパブ、タワー・バンク・アームズ（Tower Bank Arms）。『あひるのジマイマのおはなし』の中で、このパブが描かれています。きつねの紳士に騙され、あやうく丸焼きにされそうになっているあひるのジマイマを助けに行く番犬ケップ（ビアトリクスの愛犬ケップがモデル）が、仲間である2匹のフォックス・ハウンドを呼びに行く所、それがこのパブの前庭です。挿絵ではここに馬が引く荷馬車が描かれていますが、今やこの前庭は、パブにやってくるお客さんのための駐車スペースになっています。

パブの外壁には、挿絵のその場面が大きく看板に描かれて掲げられていますから、それを見た誰もが「ああ、こんなふうにお話に出てくるのだ」と、そのつながりを面白く思うことでしょう。

この3匹の犬たちに助けられ、ジマイマは無事に戻ってくることができたものの、ジマイマがそのとき大切にあたためていた卵は、その犬たちの本性が出て、がつがつと食べられてしまうのです。

パブ（pub）というのは、アメリカではバー、フランスではカフェ、日本で言えば「一杯飲み屋」といったところでしょうか。けれどもパブには、飲むだけでなく

家庭的な食事を出すところもあり、おいしい料理を気軽に味わえる点も魅力です。このタワー・バンク・アームズも気取らない地元の料理が自慢のパブで、その味わいを求めてやって来る人たちでいつも賑わっています。その昔ながらの雰囲気が楽しみで、私もニア・ソーリー村を訪ねたらこのパブに立ち寄らずにはいられません。

湖水地方は、カンバーランド（Cumberland）地方にあることから、その地方の名前がついたソーセージが有名ですが、こうしたパブでは、名物ともいえるそのカンバーランド・ソーセージを味わうことができるのも魅力です。このソーセージは、腸詰めにするときにウインナーのようにひねらずに、まるで蛇がとぐろを巻いたようにぐるぐると長く作るのが特徴。肉屋ではかつてこのソーセージを売るのに、手の指先から肘までの長さを1単位として切り売りしていたといいます。粗挽きの豚肉にセージ、ローズマリー、タイムなどのハーブやコショウ、ナツメッグ、カイエンヌペッパーなどのスパイスを混ぜ合わせた、歯ごたえがある、スパイシーな味わい。ただし、それぞれの肉屋が秘伝のレシピを持っているとのことですから、店によって微妙に風味は異なるようです。

周りがかりっと香ばしく焼かれ、中はまるでハンバーグのように肉汁がたっぷりとあふれるその味わいは、一度食べたら病みつきになるおいしさです。このタワー・バンク・アームズでは、このかりっと焼いた、しかもボリュームたっぷりのソーセージに、マッシュポテトとサラダが添えられ、十分満足できる一皿になっています。

（右ページ右）夏にはバラの絡まる外観が美しいタワー・バンク・アームズの入り口（右ページ左）パブでは、ドリンクはセルフ・サービスになっている。このカウンターでドリンクを買い、席に着く（左）湖水地方名産、カンバーランド・ソーセージは朝食だけでなく、ビールにもぴったりの味わい

このパブ全体がナショナル・トラストによって守られているおかげで、バラが絡まるポーチの雰囲気、太い梁のある天井、グラスがきらきらときらめくカウンターなど、すべてビアトリクスが住んでいた時代そのままなのでしょう。隣のバックル・イートが通り越しに見える出窓に面した席が私のお気に入りの席ですが、ここからこの村の時を経ても変わらぬ、のどかな眺めが楽しめるのです。

１９９９年に参加した、２年に一度開かれるポター・ソサエティーのコンフェランスで、ウィロー・テイラーさんにお会いしました。ポター・ソサエティーは１９８０年にイギリスでポター研究をしてきた専門家たちによって設立され、ビアトリクスの生涯、作品とその功績を研究し、理解することを目的としています。ウィローさんの両親、バーンズ夫妻は、ビアトリクスがニア・ソーリー村に住んでいた時代に、35年間に渡りこのパブを経営していました。ビアトリクスとウィローさんのお母さんとはとても仲がよく、ヒルトップとタワー・バンク・アームズとの境にあるフェンス越しに、毎日のようにおしゃべりをしていたとのこと。けれども、ビアトリクスがパブに来ることはめったになく、やってくるときといえば、ウィローさんのお父さんに、少女だったウィローさんのことを「この子が悪いことをした」と、文句を言いに来るときだけだったといいます。当時、ウィローさんは湖水地方の老人ホームで暮らしていましたが、77歳にして出版した自伝ともいうべき本、*Through the pages of my life*（『人生のページを通して』（未邦訳））には、そうしたビアトリクスとの思い出も書かれています。この本は、２００１年に湖水地方の推

ヒルトップにビアトリクスが住んでいたときに隣のタワー・バンク・アームズに住んでいたウィロー・テイラーさんの著書

薦図書として選ばれました。

　ウィローさんは、本の中でビアトリクスについてこう書いています。

「ビアトリクスは子どもというものを理解していなかったと思います。なぜならビアトリクスは学校も行かず家の中で家庭教師について勉強をしていたので、子ども時代に同じ年代の子どもと遊んだこともなかったのですから。でも皆さんは、ビアトリクスは子どものお話をたくさん書いたではないかとおっしゃるでしょう。私が思うにはビアトリクスが書いた数々のお話は、自分自身のために、その味わうことのなかった子ども時代のギャップを埋めるためのものだったと思うのです」と。

　ビアトリクスの描いた絵本は、その多くが身近にいる親しい子どもたちを楽しませるために書いた絵手紙から生まれたものでした。それは同時に、ビアトリクス自身が失われた子ども時代を楽しむためのものだったのかもしれません。

『パイがふたつあったおはなし』の舞台、バックル・イート

　犬のダッチェスとねこのリビーとのお茶会の騒動を描いた『パイがふたつあったおはなし』。

　その喜劇的なお話の幕開けともなる、ねこのリビーからのお茶会への招待状、それを犬のダッチェスが郵便屋さんから受け取る場面にバックル・イート（Buckle Yeat）の前庭が描かれています。

　ビアトリクスの家となったヒルトップの隣がパブのタワー・バンク・アームズ、

L字型をした、真っ白い外壁が特徴となっているバックル・イート

その並びに建つ家がバックル・イートで、この3軒は道沿いに並んでいます。

その前庭は挿絵に描かれたそのままに、今も春から夏にかけては色とりどりの花が美しく咲いています。今ではB&Bという民宿とティールームを兼ねていますが、ここに泊まる宿泊客たちはこの前庭を通って、建物に入ることができます。鉄の門扉からドアまでのほんの小さな庭ですが、その前庭を目の前にすると、招待状を読む犬のダッチェスの挿絵が重なります。まるで絵の中に自分が入り込んだような錯覚さえ覚えるほどです。

この建物は、一部が道路に突き出たようにL字型になっているのが特徴ですが、最初は靴直しを営む店でした。その後ビアトリクスがこの村に住んでいた時代には、「スティック・ハウス」という薪に点火するために使う細木をワイヤーで束ねる仕事をしていました。建物の裏の製材所への出入り口には2本の石柱が立つ門がありましたが、今ではその片方にこの村唯一の真っ赤なポストが埋め込まれています。

現在では、建物は6部屋あるB&Bに改装され、製材所であった所はお茶を楽しむティー・ガーデンとなっています。

ビアトリクスは『パイがふたつあったおはなし』を、ヒルトップを購入した年である1905年に出版し、それはニア・ソーリー村を舞台とした最初のお話となりました。1902年夏のイース・ワイク荘滞在中に、ニア・ソーリー村を歩いて描いたスケッチがこの絵本の挿絵の元となっているのです。ちなみに主人公の2匹にもモデルがあり、リビーのモデルは、ヒルトップで飼っていたねこ、ダッチェスは

色とりどりの花が美しい、バックル・イート。B&Bの看板には空き室があるかどうか書かれている

『ひげのサムエルのおはなし』に描かれた鍛冶屋横丁。写真は挿絵と逆方向から撮っている。挿絵の左の建物はアンヴィル・コテージ。挿絵の奥に立っているのはビアトリクス本人

『パイがふたつあったおはなし』で犬のダッチェスがお茶の招待状を受け取るのは、バックル・イートの前庭

レイクフィールド長屋に住む、イース・ワイク荘（元はレイクフィールド邸）の庭師の飼い犬でした。

バックル・イートの前、言ってみればニア・ソーリー村の目抜き通りを私は何度も通りながら、この門を入った、前庭の奥にあるドアの先にはどんな部屋があるのだろう、と何年も思っていました。けれどもいつも泊まるのはイース・ワイク荘と決めていたので、なかなかここに泊まる機会がなかったのです。そして2003年の夏、イース・ワイク荘のオーナーであった、顔なじみのジョンとマーガレットがリタイアして、もはやイース・ワイク荘を経営していないことがわかり、家族でバックル・イートに泊まることにしたのでした。

夏の間は観光客が多いので、バックル・イートもかなり予約がたて込んでいます。宿泊の予約をメールで交わすうちにオーナーの奥さんがポター・ソサエティーの会員であることもわかり、私たち一家に親しみを持ってもらえたようです。夕方遅くなって到着すると、オーナーのご主人が笑顔で出迎えてくれました。ラウンジには赤々と暖炉の炎が燃えています。座りごこちの良さそうなアンティークの椅子が暖炉のそばに置かれ、窓際の出窓も壁の厚みを利用したベンチになっていて、愛らしいコーナーになっています。何年も眺め続けてきたドアの向こうには、こんな部屋が待っていたのです。

「ここが、ゲストたちがくつろいだり、テレビを見たりするラウンジですよ。」

ホテルのラウンジに比べたらあまりにも質素だと思うかもしれませんが、ニア・

バックル・イートの宿泊者用のラウンジ。前庭を通り、ドアを開けるとこの部屋に入る

ソーリー村には豪華さは似合いません。この家庭的な居心地の良さがなによりふさわしいと感じます。

私たちの部屋は、そのラウンジから扉を隔ててある階段を上った、突き当たりからひとつ手前の部屋でした。ツインのベッド、大きめのバスルームが付いています。窓からは裏庭が眺められ、隣のヒルトップの煙突までが近くに見えました。

小学生だった娘のためには、ピーターラビット柄のリネンでそろえたシングルベッドの部屋が用意され、娘は大喜び。家族4人ならば突き当たりのファミリー・ルームが用意され、窓からは前庭が見下ろせます。

こうしたB&Bでは、部屋に電気ポット、紅茶のティーバッグやインスタントコーヒーのセットが備え付けられていることが多く、この部屋にも備えつけてありました。しかもどこを見ても掃除が行き届いていて、気持ちよく過ごすことができます。

ラウンジの横に続くダイニングルームでいただく朝食は満足のいくものでした。リンゴやイチゴ、ブドウなどいろいろな種類のフルーツを細かく刻んで合わせたフルーツサラダには、たっぷりと濃厚なヨーグルトをかけてくれます。珍しいことに、ここではメインの卵料理と共に、カリカリに焼いたトーストとは別に焼きたてのロールパンが添えられました。注文を取ったり料理を運ぶのは、すべてにこやかなご主人の役目。奥さんは裏庭に面した台所で料理に当たっています。

ダイニングルームには『パイがふたつあったおはなし』に描かれているような、

バックル・イートのダイニングルームにあるレンジ。ピーターのぬいぐるみが飾ってある

そしてヒルトップにあるような真っ黒なレンジがあり、そこにはピーターのぬいぐるみが置いてありました。どことなくビアトリクスが自分で作って売り出そうとしたピーターのぬいぐるみに似ています。実はビアトリクスはビジネスウーマンでもあり、『ピーターラビットのおはなし』が売れたことから、ピーターのぬいぐるみを売り出そうと、自分で制作（1903年に商品化）していたのです。

ここでもうひとつ、バックル・イートが描かれた『こねこのトムのおはなし』の中の挿絵で面白いことがあります。

その挿絵では、バックル・イートは、トムたちからよそ行きの洋服をもらうことになる、3匹のあひるの背景に描かれています。

ここでビアトリクスは極めて珍しいミスをしているのです。

3匹のあひるは、バックル・イートの方からやってきて、ヒルトップの塀の上にいるこねこのトムたちを見上げているはずです。ところがそのヒルトップの塀は本来絵の左手にあるべきなのにあひるたちはそれとは反対を向いていて、トムたちにお尻を向けていることになっています。ビアトリクス・ポターの研究家として名高いレズリー・リンダー氏は、その著書 *A History of the Writing of Beatrix Potter*（『ビアトリクス・ポターの著作の歴史』（未邦訳））の中で、ビアトリクスの鉛筆でのスケッチではこの場面は一番右にいるあひるだけがトムの方（つまり左手）を見ていて、後の2羽のあひるが反対（右手）を向いておしゃべりをしているという風に描かれていると書いています。ビアトリクスはそのスケッチを元にして、この挿絵

（右）バックル・イートの朝食（左）『こねこのトムのおはなし』の3羽のあひるの場面。背景にバックル・イートが描かれている

を描いていたと思われますが、なぜか左に向いていたあひるを右向きに描いてしまい、そのため3羽ともトムたちとは反対の方向を向いてしまう結果になったのでした。

緻密なスケッチから生まれるビアトリクスの絵本にもこんなミスがあるとは、まさに「弘法も筆のあやまり」というところでしょうか。

ビアトリクスが描かなかった家、アンヴィル・コテージ

バックル・イートの前を村のメイン・ストリートに対して直角に入る小道、鍛冶屋横丁と呼ばれる通りの左角に建つ家、それがアンヴィル・コテージ（Anvil Cottage）です。

ニア・ソーリー村の中でこの家だけがビアトリクスの絵本に描かれなかったことで知られています。かつてこの家に住んでいた人たちを快く思っていなかったビアトリクスは、それからずっとこの家のことを嫌っていたため、作品に描くことをしなかったようです。私は、今もこの家の前を通ると、この玄関先に座ったモーリー・グリーンさんの姿を、つい昨日のことのように鮮明に思い出します。すでにモーリーさんは高齢でしたが、TEASと書いた手描きの看板をその玄関先に出し、自宅を使ってティールームを開いていたのです。けれどもいまやこの家がティールームであったことを知る人も少なくなっていることでしょう。

ドアを入って正面が、ティールームとして設えたテーブルの並ぶ部屋、その右側

アンヴィル・コテージでティールームを開いていたモーリー・グリーンさん。ビアトリクスを知る数少ない1人だった。現在アンヴィル・コテージはホリデー・コテージとして貸し出されている

がキッチンで、通りに面した窓から陽射しの入る明るい部屋でした。モーリーさんは、アガー・オーブンから背中を丸めるようにして焼けたケーキを出したり、焼いたスコーンにクリームとジャムをのせたりと、一人でティールームを賄っていました。モーリーさんのホームメイドのお菓子を目当てに、ヒルトップを訪ねたついでに立ち寄る観光客で賑わっていたものです。

大きなティールームではとても味わえないような、ほっとする手作りの味わい、モーリーさんの家に招かれたような雰囲気が何より嬉しかったものでした。

かつてモーリーさんの家は、母親が作ったパンやスコーン、パイを売る、ニア・ソーリー村唯一のパン屋さんでした。毎週金曜日、ビアトリクスは夫と自分の２人分のポークパイを買うため、この店にやって来たといいます。モーリーさんが11歳のとき、ビアトリクスがヒーリス氏と結婚したそうで、ビアトリクスのことを知る数少ない一人でした。

ビアトリクスの印象を聞くと、「子どもの本を書いているから優しい人かと思うと大間違い。怖い人でしたよ」とのこと。

１９３８年にモーリーさんの母親が亡くなると、モーリーさんがその同じ家でB&Bをしながら、ティールームを開きました。モーリーさんは１９９８年、ケズィックにあるナーシングホームに移り、翌年亡くなりました。現在、この家は休暇を過ごすためのホリデー・コテージとして貸家となっています。

ティールームとはいっても、まるで自宅に招かれたように手作りのお菓子を用意してくれたモーリーさん。横に2つに割って特別にフレッシュなイチゴをのせてくれたスコーン

ニア・ソーリーと初めて出会ったイース・ワイク荘

ウィンダミアから国道をアンブルサイド、ホークスヘッド経由でニア・ソーリー村に向かうと、ニア・ソーリー村の標識の少し手前、右手には輝くようなエスウェイト湖（Esthwaite Water）が広がり、羊が草を食む緑が広がる景色の中、白い建物が現れます。それがカントリーホテル、イース・ワイク荘（Ees Wyke）。ビアトリクスが1896年、30歳のときに夏の休暇を過ごすために両親と共に滞在し、またニア・ソーリー村と初めて出会った家です。当時は、ホテルではなく、レイクフィールド邸（Lakefield Country House）という名のお屋敷でした。その後1900年と1902年の2回に渡ってポター一家はこの家を借りて夏を過ごしています。そのときにはこの家は今のイース・ワイク荘（湖畔の家の意）という名前に変わっていました。

現在は新しいオーナーが経営していますが、かつて私が親しくしていたのはジョンとマーガレットのオーナー夫妻でした。柔和な雰囲気のジョンはキッチンで腕を振るうシェフ。奥さんのマーガレットはいかにも気の強そうな、けれども陽気な性格で、料理を運んだりするなどもっぱらサービス係。朝食からマーガレットの快活な声がダイニングルームに響き渡っていました。

朝食では、ジュースやフルーツ、ヨーグルトなどはダイニングルームのサイドボードの上にあらかじめ用意され、セルフ・サービスで好きなものを選ぶことができます。そして卵料理はスクランブルエッグ、ポーチドエッグ、ゆで卵の中から自分

（右）親しくしていた、かつてのオーナー夫妻、ジョンとマーガレット（左）ビアトリクスがニア・ソーリー村で最初に滞在したイース・ワイク荘（エスウェイト湖畔から望む）

の好きなものを選ぶことになっていました。たいていのホテルは付け合わせも卵同様、メニューの中から選び、それが卵料理と一緒にお皿に盛り付けられて運ばれてくるのですが、このホテルでは違いました。

付け合わせは、奥さんのマーガレットが抱えるほどの大きなトレイから好きなものを取り分けてくれたものでした。熱々のベーコン、カンバーランド・ソーセージ、キドニー（腎臓）、ブラックプディング（血の入ったソーセージ）の焼いたもの、フライドブレッド（食パンを揚げたもの）、ジャガイモ、トマト、マッシュルームとその内容は盛りだくさんです。

「それだけしか食べないの、もっと食べなきゃ山道を歩けないわよ。」

「これもおいしいから食べてみなさい。」

まるでお母さんのように、注文した何倍もの量をどさっと豪快にお皿に盛り付けてくれるので、食べきれなくて困ってしまうほどでした。ですから、ここに泊まると始終食べ過ぎてしまうのが悩みの種でした。

その朝食や夕食を楽しむダイニングルームからは、このホテルからでなくては望むことのできない眺めがあります。特に朝は湖に朝日がきらきらと輝いて、周り一面の緑がいっそうその輝きを増し、朝食を楽しんでいるその時間にも窓いっぱいにこの世のものとは思えない、うっとりするほどの美しい眺めが広がります。ニア・ソーリー村に来るたびに、私がこのホテルを選んでいたのは、この景色にまた会いたくなるからだったのです。

朝食ではサイドボードの上にフルーツやヨーグルトなどが並び、好きなものを楽しめるようになっていた。卵の付け合わせには、右の盛り合わせから好きなだけ選ぶことができた

（上）ビアトリクスが湖水地方で一番美しい湖と言ったエスウェイト湖。エスウェイト湖が舞台となった『ジェレミー・フィッシャーどんのおはなし』の元となった絵手紙は、ノエル少年に『ピーターラビットのおはなし』の元となる絵手紙を送った翌日、1893年9月5日に弟エリックに送られた（右上）エスウェイト湖の美しい眺めとともに食事が楽しめるイース・ワイク荘のダイニングルーム（右下）イース・ワイク荘での宿泊の楽しみは部屋からのエスウェイト湖の眺め。ぜひ湖の見える部屋をリクエストしたい

この湖こそ、「数ある湖水地方の湖の中で一番美しい」とビアトリクスが賞賛したエスウェイト湖です。目の前に広がるこの同じ景色にビアトリクスは100年以上も前に魅了されていたのです。

高台に建つこの家からはエスウェイト湖やその周囲の自然が、はるかかなたまで見渡すことができます。ニア・ソーリー村でもこの眺めを楽しむことができるのは、このイース・ワイク荘だけでしょう。正面玄関の右手にあるテラスで、お茶を楽しんだことがありましたが、その景色の中に吸い込まれてしまいそうになる錯覚さえ感じるほどの広大な眺めが一面に広がっているのです。

その美しい湖をビアトリクスがお話に使わないわけはありません。カエルを主人公にした『ジェレミー・フィッシャーどんのおはなし』は、この湖とモス・エークルス・ターンの2箇所を舞台にしていると言われています。スイレンの葉をいかだのように操って、湖水を進むジェレミー・フィッシャーどんの挿絵はまさにこのエスウェイト湖そのものの光景です。

ビアトリクスの絵本には、このイース・ワイク荘の建物は登場していませんが、ここから見るエスウェイト湖の景色をビアトリクスが描いた絵は何枚も残っています。1896年に描いた夕方の庭の風景では、高台にあるこの敷地を生かして湖水に向かって段々に造られた庭が描かれています。また、ビアトリクスが「イングリッシュ・ガーデン」と題した絵は、1900年に、このイース・ワイク荘の庭を木戸越しに見える山々を背景に描いたものでした。

宿泊客がくつろぐために用意されたイース・ワイク荘のラウンジ

また、秋の収穫の季節に描いた絵は、エスウェイト湖周辺の干草が刈り取られて、くるくると大きなドラム缶のような形になったものが、ごろごろと一面に転がっている様子が描かれたもの。8月の終わりから9月にかけてはこうして干草を刈り取る季節で、あちらこちらの牧草地で、この風景が見られるのです。そして夏が終わり、秋がやってくることを感じるのです。

1896年、最初のレイクフィールド邸での滞在中に書いた、30歳の誕生日を迎えたその日の日記に、ビアトリクスは「20歳のときよりも30歳になった今のほうが若く感じる」と記し、「夕暮れの光、村の人々の行き交う光景、花々で彩られたちいさな庭」を心地よく感じたことを書き留めています。その描写から、このニア・ソーリー村に家が欲しいと心に強く思ったのはこの夏だったのではないか、と想像できます。

ビアトリクスがイース・ワイク荘（レイクフィールド邸）に滞在することがなかったら、ヒルトップとの巡り合わせもなく、ニア・ソーリー村との出会いもなく、この村が絵本に描かれることもなかったことを考えると、レイクフィールド邸での滞在はビアトリクスにとって重要な意味を持つことになります。

レイクフィールド邸でのその最初の滞在から9年後、1905年にヒルトップが売りに出され、その年の11月にビアトリクスが購入するまで、その年だけでヒルトップの所有者は2回も替わっていました。最初は5月に屋根の業者の手に渡り、9月には地元の地主に売られていました。その地主がビアトリクスの興味を聞きつけ、

8月末になると、刈り取った干草をくるくると丸めた愛らしい風景が見られる。かつてこの光景をビアトリクスもスケッチしている

なんと自分が買った値段の2倍の価格をビアトリクスに突きつけてきたのです。結局ビアトリクスはそれまで出した絵本の印税で得た資金を元にヒルトップを当時の金額で2805ポンドという価格で購入します。それまでに5冊の絵本（『ピーターラビットのおはなし』、『りすのナトキンのおはなし』、『グロースターの仕たて屋』、『ベンジャミン バニーのおはなし』、『2ひきのわるいねずみのおはなし』、『パイがふたつあったおはなし』）を出版し、そのいずれの本も成功をおさめていたおかげで、ポターには充分な資金があったのです。けれども当時、古くからこの村に住む村人たちにとってはそれは法外な値段であったので、「私の買いものは、物笑いの種だったようだ」と後にビアトリクスは書いています。

1913年、ロンドンでの結婚式と新婚旅行を終えてニア・ソーリー村に戻ったビアトリクスとヒーリス氏は、かつて両親と過ごしたイース・ワイク荘に再び滞在することになります。すでにビアトリクスが購入していたカースル・コテージを新居とするために、その改築が終わるまでの仮住まいでした。

夫婦の新居、カースル・コテージ

バックル・イートの前から鍛冶屋横丁に入り、最初の小道を右に曲がると、その通りにはコテージが数軒並んでいます。その小道の突き当たりに建つ家がカースル・コテージ（Castle Cottage）。真っ白な外壁に赤の縁取りの家、敷地の周囲をぐるりと囲む真鍮製の柵がおしゃれな雰囲気です。この柵はロンドンの街並みによ

ビアトリクスが作らせた真鍮製の門。ロンドンで見られるような洗練された雰囲気がある。その門を開けて招き入れてくれたのは現在のテナント（借家人）、マンディー・マーシャルさん

く見られるような感じのもので、ビアトリクスが作らせたものとのこと。湖水地方では、今でも見かけることがないような、洗練された雰囲気です。

１９０９年、ビアトリクスはヒルトップからポストオフィス・メドウ（Post Office Meadow）と呼ばれる牧草地を挟んでその対面に建つカースル・コテージを購入しました。

ビアトリクスは、この頃にはすでにニア・ソーリー村とその周辺にかなりの土地を所有していました。その取得に際して情報収集や購入の手続きなど世話をしていたのが、隣町のホークスヘッドに事務所を構える地元の弁護士、ウィリアム・ヒーリス氏でした。

ヒーリス氏についてビアトリクスは従姉にこう書き送っています。

「彼は42歳（私は47歳）、とても物静かで、恐ろしく人見知り、でも結婚するにはとても居心地の良い人だと確信しています。すべてにおいて申し分のない人で、地元ではよく知られ、信望も厚い人です。」

この結婚にも両親は、ノーマン・ウォーン氏のとき同様、ポター家の結婚相手にふさわしくない、高齢の両親の面倒を誰がみるのか、ということを理由に反対しましたが、今度ばかりは娘の決心の固さにしぶしぶ承諾しました。スコットランドで農場を営んでいた弟のバートラムが両親に内緒で結婚をしていたことが明らかになり、ビアトリクスには彼の心強い後押しもあったのです。

その新婚の２人の住まいとなったのがこのカースル・コテージです。

ヒーリス氏と結婚したビアトリクスの新居となったカースル・コテージ

そもそもは18世紀後半に建てられた真四角の小さなコテージでしたが、結婚後の新居のために右半分を増築し、元の大きさの倍以上の広さになりました。増築した2階にある部屋の窓からは、ヒルトップまで見渡すことができます。寝室であったその部屋からは外階段がつながり、ポターは会いたくない客人が来ると、この階段から外に逃げ出していたという有名なエピソードがあります。当時、湖水地方では、こうした外階段があるような、モダンな家はなかったのです。

この部屋は、1943年にビアトリクスが77歳の生涯を閉じた場所でもありました。

その寝室の窓から見渡せる庭は、ポストオフィス・メドウに向かって下る緩やかなスロープを生かして、ヒルトップ同様、ビアトリクスが造り上げたものでした。

1924年、その庭についてビアトリクスは、ある手紙にこう書いています。

「たくさんの花があり、私はこの庭が大好きです。ちょっと普通とはちがうオールドファッションのファームガーデンです。ボックス（つげの一種）の生垣が花壇を囲い、モスローズ、パンジー、ブラックカラント、ストロベリー、スイートピー、それにジマイマのための大きなセージの茂みもあります。けれど玉ねぎは駄目ですね。いつもとりとめなく育ちます。私のお気に入りの背の高い白いベルフラワーが咲いていますが、ちょうど花が終わりかかっています。その隣にはフロックスが植わっています。ミカエルマスデイジー、菊の季節が続き、クリスマスが終わるとすぐにスノードロップの花が庭のあちらこちら、果樹園まで、また森の中にも野生で

1913年10月14日、結婚式当日のビアトリクスとヒーリス氏

咲き乱れるのです。」

ビアトリクスは、ヒルトップへは、その庭を下ったところにある、木の門を出て、ポストオフィス・メドウを横切って往復していました。

今、眺めているこの景色の中をビアトリクスが歩いていたのです。

『パイがふたつあったおはなし』のタイトルの対向ページには、ねこのリビーが右手にバターの塊をのせた皿、左手にミルクの入ったピッチャーを持つ姿で描かれています（77ページ）。

この場所こそポストオフィス・メドウで、背景に描かれているのはヒルトップです。実際にカースル・コテージのポターの寝室から眺めると、いまやヒルトップに植えられた木が茂り、この挿絵ほどはっきりとヒルトップを見ることはできません。ヒルトップ農場からお茶会用にバターとミルクを調達し、家に戻るリビーの姿は、主婦としてのビアトリクス自身の姿なのかもしれません。

ポストオフィス・メドウが登場するお話としては、もうひとつ『こぶたのピグリン・ブランドのおはなし』があります。ぶたのペティトーおばさんがこぶたたちにえさを与えているところ、背景に見えるL字型の建物が、バックル・イートの建物だとすると、この一家は、ポストオフィス・メドウにいるということになります。

この『こぶたのピグリン・ブランドのおはなし』は、1913年10月に行われたビアトリクスとヒーリス氏の結婚式の数日前に出版されました。こぶたのピグリン・ブランドはピグウィグという雌のこぶたに出会い、2匹は手に手を取って「お

現在のテナント（借家人）、マンディーさんが見せてくれた、改築前のカースル・コテージの写真

かのむこうのはるかなくに」を目指して逃げ出すという、ビアトリクスが初めて書いたラブストーリーと言われています。このこぶたたちの愛の結末がビアトリクスたちの結婚を描いているのではないか、とか、結婚後はしだいに絵本の創作から離れて牧羊業に専念することになるビアトリクス自身の生活の変化が「はるかなくに」へ行くという意味なのではないか、などいろいろな推測がなされています。

このような推測に対して、ビアトリクスは、ユーモアたっぷりに否定をしています。ある友人に送った本にはこう記しています。

「この2匹の、手に手を取り、朝日を眺めているこぶたは、ヒーリス氏と私を表しているのではありません。その場所は私たちが日曜日の午後、散歩に出かけるところですけれど。もし私が夫のウィリアムを本に登場させるなら、背の高い、とてもやせた動物にしなくてはならないでしょう。」

このカースル・コテージは、現在はナショナル・トラストが維持、管理していますが、2011年11月、カースル・コテージに住むテナント（借家人）が新たに公募され、数多くの応募者の中から地元でブルーバッジのガイドをしているマンディー・マーシャルさんが選ばれました。現在、彼女は夫と共にこのカースル・コテージで暮らしています。庭好きのマーシャルさんは、書き残された日記などを元にビアトリクスが楽しんでいた庭の再現を目指し、日々ガーデニングにも精を出しています。

（右）スロープ状になっているカースル・コテージの庭。マンディーさんが現在ビアトリクスが造り上げたような庭になるように改造中
（左）『こぶたのピグリン・ブランドのおはなし』この2匹のこぶたがヒーリス氏とビアトリクスではないかと推測を招いた

（上右）『こぶたのピグリン・ブランドのおはなし』ポストオフィス・メドウでのこぶたたちの食事。背景に描かれているのはバックル・イート　（上左）『パイがふたつあったおはなし』ヒルトップを背にポストオフィス・メドウをカースル・コテージに向かって歩くリビー　（中）ポストオフィス・メドウ越しに眺めるカースル・コテージ　（下）望ましくない客人から逃れるためにビアトリクスが使った外階段

夫婦が憩う湖、モス・エークルス・ターン

30年もの長い年月の間、湖の底に沈んでいたそのボートは、今ではボウネス・オン・ウィンダミアにあるボート・ミュージアムに展示されています。大きく、立派な船が展示してある中で、これだけがカヌーのような、木をくりぬいて作った素朴な小船です。夏の夕暮れ、湖に浮かべたそのボートの上でビアトリクスは本を読み、夫のヒーリス氏は釣り糸を垂れ、魚釣りを楽しんだという2人だけの時間が存在していたのです。

この湖はビアトリクスがカースル・コテージと一緒に購入したもので、その名がモス・エークルス・ターン（Moss Eccles Tarn）。2人はそこにスイレンを植え、魚を住まわせました。一日の仕事を終えると、2人はカースル・コテージから緑の中、忘れな草やヒース、ジギタリスが咲く小道を登り、村の上にあるこの湖に出かけたのでした。雑事から解放され、2人だけで過ごすことができる秘密の場所だったのです。

この湖に登る道は今では絶好のハイキングルート。ただし、ニア・ソーリー村からこの湖への道を示す案内板や標識が何も見当たりません。ですから、この湖の存在すら知らない人も多いはずです。それだけに荒らされることなく、昔のままの秘密の場所として守られてきたにちがいありません。

ビアトリクスは、ヒルトップの書斎であるニュールームからの眺めの中にあるモス・エークルス・ターンへと続くこの道を『ひげのサムエルのおはなし』の中で描

モス・エークルス・ターンでは、ビアトリクスが植えたスイレンが今もなお、湖面をきれいな花で飾っている

いています（47ページ参照）。雨を防ぐため、三角屋根のようにスレート石で覆いをした煙突越しに描かれた、石塀で囲われた細い道です。

バックル・イートの前から直角に鍛冶屋横丁に入り、B&Bであるハイ・グリーン・ゲイトの前を通り過ぎ、そのまま道なりにまっすぐに登っていくとモス・エークルス・ターンに着く道です。途中、牛が小屋から顔を出して草を食んでいる農場があり、積まれた干草の中を歩くようなところもありますが、ちょうどそのあたりから石の塀越しに背伸びをすると、ニア・ソーリー村の全景を望むことができます。なんと愛らしい村なのだろう、と感動する眺めです。

『あひるのジマイマのおはなし』に描かれたようなフォックスグローブ（きつねの手袋）が濃いピンクの花を風に揺らし、羊がすぐそばで草を食むその道を、透き通るような空気の中、歩いていると、心が真っ白に洗われるようなすがすがしい気分になります。

ゆっくりと楽しみながら歩いても、登り始めて30分もすればモス・エークルス・ターンに到着します。いつ訪れてもその静けさは変わることはありません。湖畔では、ヒースの花がひっそりと優しいピンクの花を風に揺らしています。

湖畔は一周できるように遊歩道のような道ができていますが、湖を超えてさらに道はホークスヘッドまで続いています。ホークスヘッドの町まで歩いて行くこともできるウォーキング・コースになっているのです。

思えばこの山道を今までに幾度登ったことでしょう。友人のブルーバッジ・ガイ

モス・エークルス・ターンは、ビアトリクスが釣りをするヒーリス氏と共にボートに乗ってくつろいだ憩いの湖

ド、マルコムさんの案内で、まだ幼い娘を乗せたベビーカーを押してその山道を登ったこともありました。がたがた石に当たりながらも、ベビーカーでも登れるほどのなだらかな山道です。また、バックル・イートに偶然泊まり合わせたイギリス人家族と、このモス・エークルス・ターンに出かけたこともありました。そのときは、その一家のご主人が首から下げた地図をもとに、帰りは湖畔から道をはずれ、牧草の中を通り、ニア・ソーリー村まで下ってきました。

ちょうどイース・ワイク荘の近くにある小さな公園のところに出たのですが、そこのブラックベリーの茂みではB&B兼ティールームを営むハイ・グリーン・ゲイトのオーナー、ジリアンさんが黒く熟したブラックベリーを摘んでいるところでした。湖水地方では、ブラックベリーが生垣などに多く自生しているので、8月から9月にかけて湖水地方のいたるところで、こうした野生のブラックベリーを摘む姿を見かけるのです。ブラックベリーとリンゴはイギリスでは昔からの定番の組み合わせですから、お菓子作りの上手な彼女はブラックベリーの入ったアップルパイを作るつもりだったのかもしれません。

ブラックベリーは『ピーターラビットのおはなし』の中で、「くろいちご」と訳されています。マグレガーさんの畑で食べ過ぎて、しかも怖い思いをして具合が悪くなったピーターが、カミツレ茶を飲んでベッドで寝ているそばで、姉妹のうさぎたちはおいしそうにブラックベリーの実にミルクをかけて食べているのです。熟したブラックベリーはそのまま摘んで食べても甘くておいしいものです。

（右、左上）湖水地方では、野生のブラックベリーがいたる所に見られる。『ピーターラビットのおはなし』の中で石井桃子氏は「くろいちご」と訳している　（左下）こうした門のところにブラックベリーの生け垣が見られる

ただし、聖ミカエル祭（9月29日）の後には決してこのブラックベリーを食べてはいけないという言い伝えがあります。悪魔がその日にすべてのブラックベリーの実に唾を吐きかけるというのです。この言い伝えには、その頃になると、ブラックベリーの実は木についたまま熟しすぎて腐っていたり、虫などが付いていたりすることが多いので、その実を食べてお腹をこわさないようにという注意の意味が込められているようです。

ビアトリクスもきっとモス・エークルス・ターンへの散歩の途中、生垣にたわわに実ったこんな自然の贈り物を摘んで楽しんでいたことでしょう。

リビーの家として描かれたレイクフィールド・コテージ

このレイクフィールド・コテージ（Lakefield Cottages）こそ、長年私が見つけられずにいた場所でした。この家だけがどこにあるのか長い間わからずにいたのです。ポター・ソサエティーが出しているニア・ソーリー村の地図を手に出かけてみたものの、その場所には挿絵に描かれたようなコテージが見当たりません。

バックル・イートからイース・ワイク荘に向かって歩き、最初の角を左に曲がって道なりに歩いて行くと、ガース荘（The Garth）というB&Bを経営している大きな家があります。その家を通り越した左手にあるのがこのコテージのあるべき場所なのです。それなのになぜそのコテージが見つからなかったかというと、ビアトリクスが描いているコテージは表通りに面していないからなのでした。

『パイがふたつあったおはなし』の挿絵で花束を持ってダッチェスが立っているのはリビーの家のポーチ。レイクフィールド・コテージがモデルに使われている

このコテージは、『パイがふたつあったおはなし』の中で、犬のダッチェスをお茶に招くねこのリビーの家として描かれています。野の花を集めたような花束を手に持ったダッチェスが、リビーの家の玄関であるこのポーチに立っている場面です。

このレイクフィールド・コテージを探し当てることができたのは、偶然のことでした。

通りから奥のほうを覗いてみると人が住んでいる様子であり、敷地の中に無断で入って行くことをためらって、その前をうろうろしているうちに、車を出すためにコテージから人が出て来たのです。

「ここはビアトリクスが絵本にも描いたレイクフィールド・コテージでしょうか」と尋ねると、おじいさんを連れた男性が、「ああ、そうだよ。このおじいさんはずっとここに住んでいるんだ」と教えてくれました。

「玄関の方を見せていただいてもいいですか。」

「ああ、いいよ。写真も撮っていったらいいよ。」

私が首から下げているカメラを見て、冗談めかして言ってくれたのです。

敷地の中に入っていくと、そこには長屋のように4軒ほどがつながったコテージがあるではありませんか。それぞれに石造りの三角屋根が付いたポーチが造られています。まさに挿絵そのものです。ビアトリクスの時代にこの長屋風コテージの一番奥に住んでいたのが、当時イース・ワイク荘（元レイクフィールド邸）の庭師をしていた、ロジャーソン夫妻でした。この夫妻はダッチェスとダーキーという2匹

鍛冶屋横丁にあるハイ・グリーン・ゲイトは、ティールーム兼B&B

のポメラニアンを飼っていました。ビアトリクスが描いた犬のダッチェスはこの夫妻の犬がモデルとなりました。そのモデルとなった犬の家を、ビアトリクスはねこのリビーの家のモデルとして使ったことになります。

挿絵ではゼラニウムの鉢植えがポーチの右手に飾られていますが、今となっては住人たちも年をとってしまったためでしょうか。挿絵のように、花を飾ったポーチが見られないのが残念でした。

喧嘩相手が住む家、ハイ・グリーン・ゲイト

私が初めてこのハイ・グリーン・ゲイト（High Green Gate）のB&Bに泊まったのは、1998年の夏のこと。ようやく1歳の誕生日を迎えた娘を抱え、日本から遊びに来た両親との4人でロンドンから汽車で旅行したときのことでした。

ニア・ソーリー村では必ずイース・ワイク荘に泊まることを決めていた私が、なぜここを選んだかというと、ここがビアトリクスの絵本に関わりがあるというのがもちろんその理由ですが、イース・ワイク荘は8歳以下の子どもは泊まれないことになっていたからなのです。

このハイ・グリーン・ゲイトがどのようにビアトリクスのお話に関わっているかというと、この建物や庭が挿絵に描かれているというわけではありません。かつてここに住み、農場を経営していたウィリアム・ポスルスウェイト氏が、『ひげのサムエルのおはなし』の中でFarmer Potatoes（石井桃子氏訳ではバレイショさん）

『ひげのサムエルのおはなし』ハイ・グリーン・ゲイトに住んでいたポスルスウェイト氏がFarmer Potatoes（バレイショさん）のモデルとなっている

という農夫のモデルに使われているのです。

タワー・バンク・アームズの項（58ページ参照）で紹介したウィロー・テイラーさんはその著書の中で、ビアトリクスとポスルスウェイト氏はとても仲が悪く、いつも口論が絶えなかったと書いています。加えてハイ・グリーン・ゲイトの門の所で2人が、家の中にいるポスルスウェイト氏の奥さんにまで聞こえるほどの大声で口論し合い、奥さんは近所に気まずい思いをしたこと、ポスルスウェイト氏はビアトリクスに向かって、誰もいないような孤島に行って住むべきだ、とまで言ったというエピソードも紹介されています。

それほど仲の悪い彼をなぜモデルに使ったのか不思議に思いますが、実際にビアトリクスが彼を自分の絵本に描くかもしれないことを伝えたとき、案の定、彼は強く拒絶したのです。「あんたの描くつまらない本なんかに自分を使ってくれるな」と叫んだというのです。

これほどまでに言われてもビアトリクスが彼を本に登場させたのは、彼が農夫としての雰囲気にぴったりで、そのモデルとして彼が必要だったのかもしれません。

わたしたちが宿泊した当時、ここでB&Bを賄っていたのは、ジリアン・フレッチャーさん。わたしたちがここに着いたときは、とてもお天気の良い夏の午後で、前庭の青々とした芝生の上でテーブルと椅子を並べ、屋外ティールームが開かれていました。このティールームを開いているときには入り口のところに手書きで"Cream Teas"（クリーム・ティー）と書かれた白い看板が出ているのが目印です。

鍛冶屋横丁に建つハイ・グリーン・ゲイト

（左ページ）ハイ・グリーン・ゲイトの前庭では、お天気が良ければ、オーナーのジリアンさん手作りのおいしいスコーンで、クリーム・ティーを楽しむことができる

その日もお菓子作りを得意とするジリアンさんお手製のお菓子を目当てに、お茶の時間をのんびりと楽しむ人たちで芝生の上は賑わっていました。
看板に書かれた「クリーム・ティー」は、文字どおりに読んでしまうと「クリーム紅茶」ということになって、「クリームを浮かべた紅茶？」という誤解を招いてしまうかもしれません。「クリーム・ティー」とは、スコーン2個にジャムとクリーム、それにポットに入ったたっぷりの紅茶がつく、いわゆるセットメニューのことです。アフタヌーン・ティーは、スコーンに加えてサンドイッチやケーキも加わった豪華なものですが、それに比べれば、このクリーム・ティーは、イギリスの日常のお茶の時間の定番です
ただし、この湖水地方ではスコーンに添えられるクリームに、クロッテド・クリームは、期待できません。本来クロッテド・クリームは、イギリス南西部のデボン、コーンウォール地方の絞りたてのジャージー種の牛の牛乳で作るクリームです。イギリス北部にある湖水地方では手に入らないため、一般的にこの湖水地方ではスコーンにはホイップした生クリームが添えられるのです。
ポスルスウェイト氏とビアトリクスとのエピソードをウィローさんの著書からもうひとつ。彼の一番下の娘、アマンダさんが結婚し、ビアトリクスがわざわざ新居に彼女を訪ね、「夫であるヒーリス氏からのお祝いの贈り物です」と封筒を届けに来たとのこと。その封筒の中には2ポンドの小切手が入っていました。当時のお祝いとしてこの金額は適切な額だったようですが、ビアトリクスのような裕福な資産

喧嘩相手が住む家、ハイ・グリーン・ゲイト

家からの贈り物としてはかなり少額だったようです。ヒーリス氏からのお祝いだというのに、小切手にはビアトリクスのサインがありました。後にアマンダさんは、そのビアトリクスのサインがある小切手を、使わずに額にでも入れて取っておけばよかったと後悔したそうですが、仲が悪いポスルスウェイト氏の娘だからお祝い金を倹約したのか、もともとビアトリクスが倹約家だからそれしかお祝い金を渡さなかったのか、もはや知る由もありません。

こぶたの分かれ道とジマイマの橋

バックル・イートの並び、ソーリー・ハウス・カントリー・ホテルが建つ角を、左へと曲がって行くと、その道はエスウェイト湖を渡る橋に続きます。その橋の手前にある分かれ道、木の標識が立っているのでわかりますが、ここが『こぶたのピグリン・ブランドのおはなし』の中で、農場で雇ってもらおうとこぶたのピグリンと弟のアレクサンダーが市へ出かける場面で描かれた場所です。

車で通ったら見落としてしまいそうな、目立たない場所ですから、ニア・ソーリー村から歩いていくのがお勧めですが、この周辺を歩いてみると、この分かれ道がヒルトップの裏手に続くことがわかります。そしてビアトリクスは絵本の中ではこぶたの家をヒルトップとして描いていることから、地理的にこの2匹のこぶたが通る道としてこの分かれ道を選んだものと考えられるのです。

そして、この分かれ道の近くにあるのがジマイマの橋。はしごを横にして川にか

『こぶたのピグリン・ブランドのおはなし』この分かれ道では標識も挿絵そのままに今も残っている

けたようなこの橋は、エスウェイト湖を渡る橋のところから遠くに見ることができます。

この素朴な橋を、少なくとも2回ポターは公表しています。ひとつはビアトリクスが1929年に出した「ピーターラビット・アルマナック」（暦）で使っているもの。もうひとつは著名なポター研究家、レズリー・リンダー氏が著した、*A History of the writings of Beatrix Potter*（前出）の中で紹介されている絵です。その絵というのは、『あひるのジマイマのおはなし』の主人公、ジマイマがその橋の上から、下に流れる川を泳ぐ6羽のあひるの子を眺めている絵だといいます。橋の向こう、遠くに家が描かれているそうですが、その家はダブ・ハウ（Dub Howe）と呼ばれる、この村で一番古い家で、ビアトリクスの夫、ヒーリス氏が親しくしていた事務弁護士夫妻が住んでいたということです。

分かれ道の近くから遠くに見ることができる、ジマイマの橋

表面に刷毛で牛乳（分量外）を塗る。

6. あらかじめ190度に温めたオーブンで、15分ほどこんがりとキツネ色になる程度に焼く。焼けたらクーラーにとって冷ます。

いただくときは横に半分にスライスして、両面をこんがりとトーストする。バターやジャムを塗っていただく。

『パイがふたつあったおはなし』でねこのリビーがお茶の時間に食べているのが、マフィン。お客様の犬のダッチェスにはねずみのパイを用意して、自分はトーストしたマフィンを食べているのです。

このマフィンは、アメリカのマフィンのようなカップケーキではなく、いわゆるイングリッシュ・マフィン、小型の丸いパンです。

イギリスでは、ティー・ケーキもマフィン同様、お茶の時間に横に半分に切ってトーストし、バターやジャムを塗っていただきます。

ティールームなどでは「トーステッド・ティー・ケーキ」としてメニューに載っています。

ビクトリア時代からエドワード時代にかけてのロンドンでは、このマフィンを売りに来るマフィン・マンの売り声が聞かれました。4時のお茶の時間が近くなると聞こえてくる、真鍮製のベルの音がその合図でした。

きっとビアトリクスと弟のバートラムも、ねこのリビーのように長いトースト用フォークにこのマフィンやティー・ケーキを刺して、暖炉の火であぶり、冬のお茶の時間を楽しんだことでしょう。

イギリスのティールームで用意されていたティー・ケーキ

『パイがふたつあったおはなし』トーストしたマフィンを食べるねこのリビー

Recipe

〈3〉

ティー・ケーキ

Tea Cake

■材料　（8個分）

強力粉：225g

インスタント・ドライイースト：3g

塩：小さじ1/4

無塩バター：40g

ブラウンシュガー：15g

牛乳：150cc

レーズン：70g

打ち粉（強力粉）：適宜

■作り方

1．ボールに強力粉、イースト、塩、ブラウンシュガー、レーズンを合わせて入れる。

2．鍋に牛乳、バターを入れて、弱火でバターが溶けるまで人肌程度に温める。1のボールに加えて、全体をよく混ぜひとまとめにする。打ち粉をふった台に取り出し、5分ほど捏《こ》ねて、なめらかな生地にする。

3．薄くサラダ油を塗ったボールに入れて、ラップ材をかぶせ、温かいところ（または電子レンジなどの発酵機能を使用）に置き、生地が2倍になるまで発酵させる。

4．発酵ができたら、打ち粉をふった台に取り出し、空気を抜きながら、軽く捏ねる。生地を8等分して丸め、濡れ布巾などをかけて10分ほど休ませる。丸く形を整え、天板に十分な間隔をあけてのせ、上面をめん棒で厚さ1センチほどになるように平らにする。

5．再び温かいところにおいて、2倍くらいの大きさになるまで発酵させる。

4
Hawkshead
ホークスヘッド
湖水地方特有のお菓子とビアトリクス

Had a series of adventures. Inquired the way three times, lost continually, alarmed by collies at every farm, stuck in stiles, chased once by cows ....

いくつもの冒険をした。道に迷ってばかりで、3回も道を聞いた。どの農場でもコリーに吠えられ、スタイル（踏み越し台、牧場の柵や壁などに人間だけが越せて家畜は通れないように設けた階段、または木戸）につかまり、一度牛に追いかけられた…。

（1882年8月19日の日記より）

ビアトリクスが通った4キロの道のり

ビアトリクスは初めてホークスヘッドに行ったときのことをこのように日記に書いています。

それは夏のホリデーとしてレイ・カースルに滞在していた1882年8月19日、ビアトリクス16歳の夏のことです（この夏に両親と馬車でエスウェイト湖をひとまわりしたことも日記に書いているので、きっとニア・ソーリー村もこのときに通り、後に深い関わりを持つことになる小さな村との出会いを果たしているはずです)。

当時の一般的な女性の服装だった長いスカートをはいたビアトリクスにとって、農場の中の2マイル半(約4キロ)の道のりはさぞかしきつかったことでしょう。

今では車のおかげで、ニア・ソーリー村からホークスヘッドまでは20分ほど(徒歩では50分くらい)、細い道ながらも緑の中で草を食む羊やエスウェイト湖を眺めながら、その景色を楽しむうちにあっという間に着いてしまいます。

このホークスヘッドには町の入り口に大きな駐車場があり、誰もがここに車を停め、街の中へは徒歩で行かなければいけないシステムになっています。なぜなら、この町には車が入れないように規制されているのです。そのおかげで、石畳の道はアスファルトに舗装されることもなく昔のままの趣を残し、車の心配をせずにのんびりと街を楽しく散策できます。

この駐車場はイギリス独特の有料システムが取られています。駐車場にある自動販売機で30分、1時間、2時間といった自分が駐車する時間に合わせてチケットを購入します。そのチケットは裏に付いたテープをはがすとシールのようにくっつくようになっていて、その面を車のフロントガラスの内側に貼っておくのです。外に貼っておいたら、風で飛んでいってしまうかもしれないし、誰かに盗まれてしまうかもしれませんから。このシステムをイギリスでは"Pay & Display"(ペイ&ディスプレイ)と呼んでいます。

ホークスヘッドは中世から羊毛、特にハードウィック種の羊毛を取引するマーケ

ビアトリクスの羊も賞を取ったホークスヘッドの羊品評会。現在も夏に行われている

ットタウンとして栄えました。羊毛は小船でウィンダミア湖を渡り、ケンダルの町まで運ばれ、ケンダル・グリーンクロスと呼ばれる布に織られて有名になりました。

また、この町には、湖水地方で生まれ、生涯を過ごした詩人、ウィリアム・ワーズワースが通ったという小学校があることでも有名です。駐車場から歩いていくと、突き当たりの建物が、その小学校「オールドグラマー・スクール」です。1585年に創設された歴史のあるこの小学校へ通うために、ワーズワースが下宿をしていたというコテージが今もこのホークスヘッドに残っています。

その小学校にはワーズワースが勉強をし、自分の名前を彫った机が残っていて、多くの観光客が、この机を目当てに見学にやってきます。

ウィッグは菓子パン？

ビアトリクスの描いた絵本の中に出てくるもので、この町で売られていた食べ物があります。『「ジンジャーとピクルズや」のおはなし』（1909）の中で、行商人ティモシー・ベイカーが売りにくる品物の中にある、“seed wig”（シード・ウィッグ、石井桃子氏の訳では「かしパン」）を売る店がこの町にあったのです。ビアトリクスはウィッグを、「かつら」のwigと同じ綴りで表していますが、wiggs、whigs、wigsなどさまざまに綴られます。

ワーズワースの通った小学校を正面に見て、右手の方から、ティールームや雑貨店が立ち並ぶ賑やかな通りが始まります。その道をたどって行くと、「クイーン

ズ・ヘッド」という古めかしいパブが目に入ります。そこをまっすぐ行けば、ビアトリクス・ポター・ギャラリー、左に行くと、そのシード・ウィッグを食べられる店がありました。今では残念ながらオリーブの店に変わってしまっていますが…。

看板に大きく"WHIGS"（ウィッグス）と書かれたその店の中は、テーブルと椅子が所狭しと置かれ、ごく普通のティールームの雰囲気でした。小さなショーケースの中にはケーキやスコーンが並んでいます。そのショーケースの上にかごに入った、ぽちぽちと粒が見える、白っぽいパンがありました。"Seed Whigs"（シード・ウィッグ）と札がついているではありませんか。お菓子のイメージを想像していただけに、それはかなり意外なものでした。

黒板にチョークで書かれたメニューを見ると、スープ&シード・ウィッグとあるので、迷わず昼食として注文しました。

カフェオレ・ボールのような器にたっぷりと入った野菜スープ、その横に大きめにスライスしたシード・ウィッグのひと切れが添えてあります。

そのひと切れを食べてみると、シード（種）の正体が何であるかわかりました。シードはキャラウェイ・シード、黒い三日月の形をしていて、噛むとスーッとした独特の味わいがあるのが特徴のスパイスです。パンそのものはとてもプレーンな、白いパンですが、ピリッとしたキャラウェイ・シードが、そのパンの味を引き立てているようです。イギリスでは古くからのお茶用のケーキとしてシード・ケーキと呼ばれるものがありますが、これは甘いバターケーキにキャラウェイ・シードを混

（右ページ）石畳が美しいホークスヘッドの町並み。左はホークスヘッドの町でおいしい料理が楽しめると評判のパブ「クイーンズ・ヘッド」
（左）かつてこの町にあった「ウィッグ」を食べられる店、その名も「ウィッグス」（WHIGS）。この店のランチメニューの定番、ウィッグのひと切れが添えられたスープ

ぜ込んで焼いたものです。

Beatrix Potter's Country Cooking（『ビアトリクス・ポターの田舎料理』未邦訳）によると、「ウィッグは、スパイスの効いた小さなケーキとしてホークスヘッドの町で売られていた。クリスマスに食べる習慣があり、エルダー・ベリーのワインやモールドワインに浸して食べた。そもそもは、イーストを使って作られ、焼きたての温かいうちにラムバターを塗って食べた」と解説があります。

ビアトリクスは16歳でこの町を初めて訪れて以来、ヒルトップを購入してこの地の住人になってからもこの町によく来ていたことは明らかですから、このウィッグは彼女のお気に入りの食べ物だったのかもしれません。わざわざこの地方独特のこうした聞きなれない食べ物を絵本の文章に入れ込んだのも、そうした思い入れがあったのではないでしょうか。

ヒーリス氏との出会い

かつての「ウィッグ」というティールームを出て、右手に行くと、広場のような、開けた場所に出ます。ここは17世紀の始めからマーケットが開かれていたところで、特に羊毛の取引が盛んに行われたとか。マーケットの日には、たくさんの羊や牛がこの細い石畳の道をいっぱいにふさいだといいます。

マーケットの広場に実際立ってみると、広場といってもそれほど広くありませんから、ここに羊や牛が連れて来られたら、さぞかし大変な混雑だったのだろうと想

キャラウェイ・シードの種がみえる、焼きたてのウィッグ

像できます。

しかし町が成長するにつれて、宿屋、銀行、弁護士事務所などができてきます。マーケットに建っていた肉屋の建物などはマーケットハウスとして１７９０年に建て替えられ、ミーティングやパーティーを開く大部屋と、テナントが入る事務所が作られます。

ビアトリクスが最初にこの町を訪れた時代にはすでにマーケットの時代は終わっていて、このマーケットハウスがこの広場を占めていたことになります。マーケットハウスは１８８７年にタウンホールになり、ビクトリア女王の戴冠50年祝典のとき、拡張されて、今に至っています。人口６００人ほどの小さな町ですが、このタウンホールが本来のコミュニティーのあるべき意味と雰囲気を守っているのです。

ヒルトップを購入したビアトリクスは、絵本の成功から得た印税を資金に、開発から守るために土地や家屋への投資をするようになっていきますが、その助けを借りたのがこの町に事務所を構える弁護士のウィリアム・ヒーリス氏でした。ビアトリクスはニア・ソーリー村から、日用品の買いものに来ると同時に、こうした専門家に会うためにもたびたびこの町に来る必要があったわけです。どんな土地が売りに出たか、などという情報をヒーリス氏はビアトリクスにいち早く伝え、購入までの手続き等を請け負ったといいます。こうしたビジネスを通してビアトリクスとヒーリス氏は親しくなり、ビアトリクスが47歳のときに結婚することになるのです。

『パイがふたつあったおはなし』では、ねこのリビーがお茶会のための買い物に

『パイがふたつあったおはなし』リビーがお茶会の前に買い物にきたのは、いとこのタビタ・トウィチットさんの店。ビアトリクスの夫、ヒーリス氏の事務所の一部がモデルになっている

やってくるのが、このヒーリス氏の事務所の一部、コテージのような趣きの建物です。お話では、いとこのタビタ・トウィチットさんが経営する店になっています。

この建物の道に面した壁はヒルトップのポーチと同様に、この地方独特のスレートと呼ばれる板のように薄い石を重ねて作られています。この町のほかの建物同様、外壁が真っ白に塗られているのも黒い屋根とのコントラストとなり、美しい町並みを作っているのです。

店のドアから買い物を済ませたリビーが、買い物かごを下げて出てくるところが挿絵に描かれています。その様子は今とまったく変わっていないことに驚くほどです。かつてはポター・ギャラリーの入り口が、この挿絵に見られるタビタさんの店の入り口と同じで、ここで入館料を払い、ヒーリス氏の事務所であるギャラリーに入るようになっていました。現在では入場者が多くなったためか、隣接する建物に入り口が変わっています。

ヒーリス氏の事務所はつい昨日までここが使われていたのではないか、と思わせるほどに、タイプライターや書類が机の上に置かれ、かつての事務所の様子がそのまま残されています。その事務所を見ながら2階へと古い階段を上ると、そこがビアトリクスの原画が展示されているギャラリーになっているのです。日光で色合いを損ねないように、窓には黒いカーテンが引かれているため、昼間でも薄暗くなっています。

フレデリック&ウォーン社は2002年に『ピーターラビットのおはなし』出版

1988年開館されたビアトリクス・ポター・ギャラリーの外観。元は夫ヒーリス氏の弁護士事務所だった。ナショナル・トラストが管理、運営している

１００周年を記念して、絵本の色合いも紙の質もすべて原作に近づくよう、忠実に変更しましたが（福音館から出ている翻訳も同様）、それでも自筆の原画を見ると、淡いタッチや微妙な色合いはやはり印刷では出せないのだと、改めて気づくほどに美しいものです。

ところで、『パイがふたつあったおはなし』では、ホークスヘッドを象徴するアーチウェイのところで、ねこのリビーとお茶会に招待した犬のダッチェスが偶然に出会う場面があります。ところが文章にある通りに、２匹はお辞儀をしただけで、言葉も交わさずに別れるのです。知り合いの２匹がどうしてここでこんなに素っ気ない態度をとるのだろうと私は長い間不思議に思っていたものでした。

ところが偶然にもその答えがわかりました。

ロンドンに住んでいるときに出席したポター・ソサエティーの会合で、かつて学校の先生をしていたという老婦人と話をしていたときのこと。

「ビアトリクスの文章はほんとうにわたしたちの生活をよく捉えているのですよ。たとえば、『パイがふたつあったおはなし』で、町で会った２匹がおしゃべりもせずに別れるのは、日常の習慣ですから。これからお茶会で会うのですから、話題はそのときにとっておかなければいけないという暗黙の了解があったのです」と、その老婦人が語ってくれたことに、私は感謝したものでした。

『パイがふたつあったおはなし』リビーのいとこでこねこのトムたちの母親であるタビタ・トウィチットさんの店のモデルとなったのはヒーリス氏の事務所の一部（95ページ参照）。かつてはここがギャラリーの入り口だった

アーチウェイの迷路

『まちねずみジョニーのおはなし』は、ビアトリクスの結婚5年後の1918年に出版されました。まちねずみが住む町とはこのホークスヘッドのことで、いなかねずみの住む村がニア・ソーリー村として、都会と田舎という対称となる位置付けで使われているのは、ビアトリクスがやはりそう感じていたことを表しているのでしょう。田舎に住むねずみ、チミー・ウィリーは、野菜かごに入ったまま、町に連れていかれてしまいます。その野菜かごが着いたところがホークスヘッドの町にあるボルトン氏の家。週に一度、ボルトン氏の家ではソーリー村から野菜をかごで届けてもらい、空になったかごに洗ってもらう洗濯物を入れて返していたのです。

その背景として描かれている風景に、ホークスヘッドの町に見られる独特の建物が使われているのも、さすがはビアトリクスのセンスと言いたくなるところです。

ホークスヘッドの町は歩いていると迷ってしまうくらい、道が入り組んでいるのですが、その原因のひとつには、建物が上にあるところを、その下にトンネルをくぐるように道が通っている、アーチウェイという道がよくあるからかもしれません。建物が壁のように塞いでいると思いきや、その家の下を通っている道がまったく違う場所へとつながっている。ちょっとした迷路を探検しているような面白さがこの町の魅力です。そのために実際は小さな町なのに、それよりも大きな町に感じてしまうトリックがあり、その家の独特の造りをビアトリクスは絵本の背景に使っているのです。

道の上に建物があるアーチウェイがホークスヘッドの町並みを独特なものにしている

村からの野菜かごを荷馬車から下ろす場面にそのアーチウェイは描かれていますが、実はそのかごを受け取る女性にもモデルがいて、ニア・ソーリー村に住むミセス・ロジャーソンがその人でした。またその荷馬車を引く馬もヒルトップ農場で働いている馬のダイアモンドで、ビアトリクスはこの馬を絵に使うのがお気に入りだったと自分で書いているほどです。

そのホークスヘッドのボルトン氏の家に住むねずみが、まちねずみのジョニー。このねずみのモデルには、夫ヒーリス氏の友人で医師であったパーソン氏を使ったとのこと。その証拠にジョニーは、左にお医者さんのカバン、右手にゴルフバッグを下げているのです。ゴルフバッグは、ヒーリス氏とパーソン氏が、近所にプライベートのコースを持つゴルフ友達だったという証です。「想像できない、コピーをする」と言ったビアトリクスの作風がこうしたところにも表れています。

このお話は、偶然にも都会にやってきてしまったいなかねずみのチミーは田舎暮らしが恋しくなるし、田舎を訪ねたまちねずみのジョニーは「田舎は静か過ぎる」と言って町へ帰ってしまうし、結局違う環境では楽しめないという結末で終わります。そしてビアトリクスは絵本の最後で、「私はチミーと同じようにいなかにすむほうがすきです」と珍しく本音ともいえる文章で締めくくっているのが印象的です。

結婚してすっかりこの湖水地方に根をおろしたビアトリクスは、きっと生まれ育ったロンドンのことを思ってこの文章を書いたのかもしれません。

田舎のねずみチミーを、まちねずみジョニーが訪ねるのが、すみれや草の匂いのする春のある日のこと。そのジョニーに、チミーがご馳走するのがハーブ・プディング、石井桃子氏の訳では、「やくそうのプディング」と訳されているものです。挿絵では、木の切り株のテーブルの上に乗ったお皿の上の、なにやら緑色をした丸い塊として描かれています。実は、これは、湖水地方では春のご馳走として古くから欠かせないものでした。冬の間滞ってしまった体の中をリフレッシュするために、ビストートやネトルなど浄化作用のあるハーブを主材料に、大麦や卵、バターなどを合わせて作るお団子のような食べ物。イギリス北部地方に残るビストートのカントリーネームが、「イースター・レッジ」であることから、このプディングはイースター・レッジ・プディングと呼ばれました。ラムのローストにこのプディングを添えた一皿は、春を告げるイースターの代表的な一皿でした。

結婚後、ビアトリクスは、夫のヒーリス氏の好物だったこのプディングをハードウィックの羊のローストの付け合わせとして作り、楽しんでいたのでした。残念ながら、現在では湖水地方で春にこのハーブのプディングを食べる習慣はほとんどなくなっているようです。

「これからロンドンに帰るとは、なんてかわいそうに。」

湖水地方で泊まった宿で、これからロンドンに戻ることを話すと、宿の人たちから必ずといってよいほど言われる言葉です。ここに住んでいると、ロンドンのような大都会はきっと人の住むようなところではないと思っているのでしょう。しばらくいると、私までも湖水地方を離れがたく思ってしまうので、そこにきてこういう

まちねずみジョニーのモデルは、ヒーリス氏のゴルフ仲間である医師で、医者のカバンとゴルフバッグを持っている

『まちねずみジョニーのおはなし』田舎に住むねずみ、チミーが入った野菜かごが届く場面の背景には、この町独特のアーチウェイが描かれている

田舎に住むチミーを訪ねたジョニーにふるまわれたイースター・レッジ・プディング。右が材料となるハーブ、ビストート

言葉をかけられると、「ロンドンの日程を削っても、ここにもっといようかな」と気持ちが揺らぎます。この町の住民はみんな田舎のねずみということなのでしょう。

こっくり甘いスティッキー・トフィー・プディング

さて、町の散策にも疲れたところで、私がホークスヘッドで必ず立ち寄るお気に入りのティールームへと参りましょう。先ほどのマーケット広場から、アーチウェイをくぐったところにあるのが、「ミストレルズ・ギャラリー」。まるでヒルトップのポーチのような入り口にはピンクやブルーの色とりどりの花々が植えられて、愛らしさを添えています。15世紀に建てられた建物をティールームに改造したもので、その天井に渡った梁の太さがその歴史を感じさせます。

ロンドンではお目にかかれないような、こうした古めかしいティールームがあるのもこの地方ならではの楽しみのひとつ。人通りの少ないひっそりとした一角にあることも私が気に入っているところです。

ホークスヘッドに来たら、このティールームに寄らずにはいられないそのお目当ては、スティッキー・トフィー・プディング。黒っぽいケーキ風の大きなひと切れがほかほかに温められて、アイスクリームが添えられた一皿は、このお店の味が絶品です。

このスティッキー・トフィー・プディングは、湖水地方にあるカートメル（Cartmel）という小さな村で生まれました。そのため、この地方ではこのプディ

ホークスヘッドでおすすめのティールーム、ミストレルズ・ギャラリー。特にスティッキー・トフィー・プディングが絶品

ングがティールームのメニューに必ずあり、また、ホテルでもデザートとして多く出されます。湖水地方に行ったらぜひ味わいたいもののひとつです。残念ながらビアトリクスの記録には残っていませんが…。

この黒々としたプディングの材料は、デーツ（なつめやしの実）の他にはバターに黒砂糖、小麦粉といったごく普通の材料です。デーツを加えることによって、独特の風味が加わり、スポンジケーキのようにしっとりと焼き上がります。

スティッキー（ねとねとした）トフィーというのは、生クリームに黒砂糖、砂糖の精製過程でできる糖蜜・トリークルを煮詰めて作るソースのこと。この甘さがこってりとしていて、寒い冬の続く湖水地方で生まれたお菓子というのもうなずけます。温かく、こくのある甘さが、身も凍るような寒さの中ではひときわおいしく感じるにちがいありませんから。

ニア・ソーリー村のイース・ワイク荘のご主人にこのプディングの作り方を教わったことがあります。キッチンで最初から作り方を見せてくれたのですが、材料を合わせて焼くだけのお菓子ですから、短い時間で簡単にでき上がってしまいました。ご主人は、せっかく作ったというのに「甘くて、僕なんか食べられないよ」とポツリと一言。

私はその甘いながらも、ほっとする味わいが大好きです。いかにも昔のお母さんの味、温かい家庭の味がするようで、しかもこの土地ならではのお菓子がこうして今も受け継がれていることが嬉しいのです。

アイスクリームが添えられたこの店のスティッキー・トフィー・プディング

6．ソースを作る。鍋に生クリーム、黒砂糖、トリークル（モラセス）を入れ、ひと煮立ちさせる。
7．5のスポンジを適当な大きさに切り、上から熱い6のソースをかけていただく。好みでバニラアイスクリームを添えるといっそうおいしくいただける。

湖水地方の南部、カートメルという村が発祥と言われているお菓子。

カートメルはウィンダミアから車で30分ほどの小さな村です。中世の面影を残すこの村の広場にある「カートメル・ヴィレッジ・ショップ」では、この村で生まれた昔ながらのプディングが売られています。機内食のようなアルミの容器に入っていろいろなサイズのものを買い求めることができますが、残念ながらここでは食べることができません。

ホークスヘッドのティールームのように、湖水地方ではティールームをはじめ、ホテルのデザートでもよく出されるほど、この地方のお菓子として根付いていますので、この地方に旅をすれば必ず味わうことができるでしょう。

ドライフルーツのデーツ（ナツメヤシの実）がスポンジに入るのがポイントです。しっとりとしたそのスポンジにこくのあるソースがかかったこの温かいデザートは、一度味わうとやみつきになるおいしさです。

どの店でもアイスクリームが添えられる

（上）デーツ
（右）カートメル・ヴィレッジ・ショップのスティッキー・トフィー・プディング

Recipe
〈4〉

スティッキー・トフィー・プディング

Sticky Toffee Pudding

■材料　(20 × 20 センチの角ケーキ型)
無塩バター：25g
ブラウンシュガー：85g
卵：1個
デーツ：85g
水：150cc
重曹：小さじ1/2
薄力粉：85g
ベーキング・パウダー：小さじ1
※ソース
　生クリーム：150cc
　黒砂糖：25g
　トリークル（モラセス）：小さじ1

■作り方

1. 型にはベーキングシートまたは、薄くバター（分量外）を塗る。オーブンは180度に温めておく。
2. ボールに室温に戻したバターを柔らかくしたところにブラウンシュガーを加え、泡だて器でよくすり混ぜる。溶きほぐした卵を少しずつ加えてさらにすり混ぜる。
3. 鍋に粗く刻んだデーツ、水を合わせて入れて、火にかけ、3、4分ほどデーツが柔らかくなるまで煮る。火を止めて重曹を加えて混ぜ合わせてから、2のボールに加えてよく混ぜる。
4. 薄力粉とベーキング・パウダーを合わせてふるい、3に加えて、泡だて器でよく混ぜる。
5. 用意しておいた型に流し入れ、あらかじめ温めておいたオーブンに入れて25分ほど、竹串を刺してみて何もついてこなくなるまで焼く。

5 アンブルサイド

Ambleside

キノコ学者への夢と、ビクトリア時代の現実

… and joys of joys, the spiky *Gomphidus glutinosus*, a round slimy, purple head among the moss, which I took up carefully with my old cheese-knife, and turning over saw the slimy veil. There is extreme complacency in finding a totally new species for the first time.

この上ない喜び、あのシロエノクギタケが、コケの中から丸くて、ぬるぬるとした紫色の頭をのぞかせていた。私はそれを古いチーズナイフで注意して切り取り、裏返しにしてぬるぬるとしたベールのようなそのカサを見た。それまで見たこともないはじめてのキノコの種を見つけることはなんと嬉しいことだろう。

（1894年8月18日の日記、南部スコットランド、コールドストリームのレンネル荘にて）

橋の上に建つ家、ブリッジ・ハウス

ウィンダミア湖北岸にある町、アンブルサイド（Ambleside）。ウィンダミアの駅前からケズィック行きの路線バスに乗って30分ほどで訪ねることができる大きな

花々に囲まれて美しい店構えのシーラズ・コテージ。アンブルサイドで評判の高いレストラン&ティールームである

町です。

この町のメインストリートであるライダル・ロード沿いには、ウォーキング用品を売る店、カフェなどが立ち並び、多くの観光客が歩く活気のある町です。大通りをちょっとそれると石畳の小道があり、そこでは人通りも少なく静かな散策が楽しめます。

町のほぼ中心を清らかなせせらぎのように流れる川、ストック・ギル川の上にはちょっと変わった建物、その名もブリッジ・ハウス（Bridge House）が建っています。この建物は16世紀にあったアンブルサイド・ホールが所有していたリンゴ園の一部で、そこで収穫したリンゴを貯蔵する建物でした。なぜ橋の上に建てたかといえば、土地にかかる税金を逃れるためでした。その後、上と下に一部屋ずつしかないこの小さな家に8人の家族が住んだこともあったとのこと。ビアトリクスが保存のために手紙を書いた当時、この橋の家は、両側にそれぞれ10フィート（約3メートル）張り出して、靴屋が営まれていたようです。この土地特有のスレート石で愛らしい屋根が作られているのも特徴です。

この建物がビアトリクスのおかげで今も残っていることを知る人は少ないでしょう。1926年ビアトリクスは、この橋を含む付近の不動産が売りに出たときにナショナル・トラストの責任者に手紙を書き、その保存を訴えたのでした。かつていくつもあったブリッジ・ハウスがどんどんなくなってしまったことを憂いていたビアトリクスは、この家をどうしても守るべきだと思ったにちがいありません。

ブリッジ・ハウスの向かいには、川沿いで食事やお茶が楽しめるカフェがある

ビアトリクスのおかげで今も残ったこの家は、現在ではナショナル・トラストのインフォメーション・センターとして使われています。この趣のある小さな建物では、絵葉書や地図なども売っており、立ち寄るとその石の風合いの感じからもその歴史の重さが感じられ、しかもこの小さな窓から眺めるアンブルサイドの町並みはなんとも美しいのです。

私にとって、このアンブルサイドは、ポター・ソサエティーを通して知り合ったマルコムさん夫妻が住む町として馴染みがあります。マルコムさんは、長らく湖水地方のブルーバッジ・ガイドをしていましたが、住まいはこのアンブルサイドからカークストーンへと登っていく坂道の途中の眺めのよい丘にありました。粗末な農家だった家を買い取ってマルコムさんがセルフビルドで作り上げた家でした。奥さんのマーガレットさんがお得意のキルトや織物で飾った、居心地のいい素敵な家を訪ねるのが楽しみでした。このお宅のよく手入れされた庭で、マーガレットさん手作りのお菓子を囲んでのお茶の時間ほど幸せを感じたことはありません。

しかし、「アンブルサイドの町は、前と違って一年中、観光客でうるさくなってしまった」と言って、夫妻は突然ドーセットに引っ越してしまったのです。

観光地化は湖水地方にとって大切な収入源になる反面、そこに昔から暮らす人にとっては、よいことばかりではないことを、この2人から教えられました。

アンブルサイドに住んでいたブルーバッジ・ガイドのマルコムさん&マーガレットさん夫妻。右は素敵な庭の一角にある、マーガレットさんご自慢のハーブ・ガーデン

ビアトリクスのおかげで今も残るブリッジ・ハウスは現在はナショナル・トラストのインフォメーション・センターになっている。ブリッジ・ハウスの下にはストック・ギル川が流れている

キノコのスケッチを所蔵するアーミット・ライブラリー

アーミット・ライブラリー（Armitt Library）と呼ばれる、小さな石造りの図書館は、そのブリッジ・ハウスにほど近く、木々に囲まれた大学の敷地内にひっそりと建っています。

ビアトリクスは亡くなる2年前、１９４1年にこの図書館に自身で、キノコ、コケ類、地衣類、古代の遺物などさまざまな主題で描いた３００点もの水彩画のスケッチを寄贈しました。ビアトリクス本人が生前自ら作品を寄贈したのは、ここだけとのことです。その膨大な数のキノコのスケッチは、すべてビアトリクスの手製の紙挟み8冊の中に保存されていました。紙挟みの表紙には、おそらく祖父の工場で製作したであろうプリント木綿の布が張られていました。

なぜここにビアトリクスのキノコの絵がこれほど多数保存されているのか、と不思議に思うほど、こじんまりとしたライブラリーですが、それには理由があります。

ビアトリクスは１９１３年にウィリアム・ヒーリス氏との結婚後まもなく、このアーミット・ライブラリーの会員となっています。ヒーリス氏はこのライブラリーの会員であり、出資者でもありました。

アーミット・ライブラリーは、ビアトリクスが会員となる1年前の１９１２年に、この地に住むアーミット三姉妹により会員制の図書館として設立されました（このときすでに長女と三女は亡くなっていましたが）。そのコレクションの基礎は、姉妹の財産と蔵書でしたが、１９１３年には、アンブルサイド・ブッククラブから資

ブリッジ・ハウスにほど近い大学の敷地内にひっそりと建つアーミット・ライブラリー

料と財産を受けてさらに充実したものになりました。このアンブルサイド・ブッククラブとは、1828年に創設され、ワーズワースも会員だったという由緒あるクラブでした。アーミット・ライブラリーには、湖水地方に暮らした才能溢れる人たちが、自分たちが所蔵していた本や原稿、絵画などを寄贈し、後世のために保管されるようになったのです。

実のところ、アーミット三姉妹とビアトリクスは、ライブラリーが設立される何年も前からの知り合いで、特にビアトリクスは、長女であるソフィアの植物画と三女のルイーザの自然誌に関する研究に興味を持っていました。ナショナル・トラストの生みの親であるローンズリー牧師がアーミット三姉妹とビアトリクスを結びつけたのかもしれません。ローンズリー牧師が設立したラスキン図書館はアーミット・ライブラリーが生まれたとき、吸収合併されました。

こうした文化的な人々が、湖水地方を愛する絆でつながっていたということなのでしょうか。その心のつながりが、ビアトリクスにここに自分の大切なキノコの絵を預けたいと思わせたのではないでしょうか。

このライブラリーにいつか行きたいと思っていましたが、それが実現したのは、2011年夏のことでした。会員となっているポター・ソサエティーの会報でこのライブラリーのことを知るようになり、湖水地方への旅の日程が決まると、思い切ってビアトリクスが描いたキノコの水彩画の閲覧を希望するメールを送ったのでした。嬉しいことに、快諾の返事をもらい、ようやく念願の絵を実際に見ることがで

アーミット・ライブラリーの1階は博物館になっているので、看板は「アーミット・ミュージアム」となっている

きる機会に恵まれました。

緑に囲まれたライブラリーは、1階が博物館としての展示室、2階が図書館になっています。そのガラス張りの明るい部屋で、図書館の年配の女性が白い手袋をはめて箱の中から一枚、一枚、丁寧に薄紙でカバーされたビアトリクスの絵をテーブルに並べてくれました。

100年以上経っているというのに、まるで昨日描いたのではないかと思うほどに鮮やかな色合い、その美しさに見入ってしまいました。正確な上に美しさがあると評されたビアトリクスのキノコの絵を間近にこうして見られるとは、なんという幸せなことでしょう。

寄贈しなければ、ばらばらに売りさばかれてしまうとのビアトリクスの抱いた懸念によって、こうして現代までビアトリクスの意志のままに受け継がれていることに驚き、心を打たれるのです。

キノコ研究の師匠、チャールズ・マッキントッシュ氏との出会い

ビアトリクスは、チャーリーにあてた手紙の中で、「キノコを写生するのはこの上なく楽しいことです。キノコは本当に美しい色合いをしています」と書いています。チャーリーとは、ビアトリクスのキノコ研究に大きな影響を与えた人物、チャールズ・マッキントッシュ氏（1839〜1922）の愛称です。

ビアトリクスと、彼との交流については、1970年代にメアリ・ノーブル博士

ビアトリクスがアーミット・ライブラリーに寄贈した300点ほどのキノコの絵は1枚ずつ丁寧に所蔵されている

キノコを描き始めた頃のビアトリクスが描いた水彩画。ここからキノコへの興味を発展させていった

1897年9月、ビアトリクスがダーウェント湖付近で見つけ、描いたテングダケの一種Yellow Grisett（Amanita crocea）（左）とベニテングダケFly Agaric（Amanita muscaria）（右）の水彩画。この絵はビクトリア＆アルバート博物館に所蔵されている

によって発見されるまでは、全く知られていないことでした。

ノーブル博士は、スコットランドにおける菌類学の歴史について調べていて、「パースシャーのナチュラリスト（博物学者）」と呼ばれたチャールズ・マッキントッシュ氏についても調べようとしたところ、偶然にも50年間開かれずに封をされたままになっていた包みの中から、ビアトリクスからの12通の手紙と、父親ルパートからの手紙3通が見つかったのです。

このチャーリーとビアトリクスとの出会いは、ビアトリクス5歳（1871年）のときのことでした。11年間、ポター一家は毎夏スコットランドのパースシャー地方、テイ川沿いの谷間にあるダンケルド近くのダルガイズ荘（Dalguise House）で過ごしていましたが、何とチャーリーは、郵便配達員としてこの家に郵便を届けていたというのですから驚きます。のちにパースシャー自然科学協会の准会員として認められるこの博物学者は、一日15マイル（24キロ）に及ぶ郵便配達の道中で、コケやキノコを観察し、学び、その知識を身につけたのでした。

ただこのとき、まだ幼いビアトリクスは両親から言われて、チャーリーから郵便を受け取るだけの役目でした。

そのチャーリーからビアトリクスが教えを受ける最初のチャンスは、1892年のこと、ビアトリクスは26歳になっていました。その夏にポター一家は、ダンケルドの町はずれバーナムに滞在することになったのです。そのときすでにチャーリーはキノコ学者として認められ、郵便配達から退いていましたから、知人の仲介で彼

ビアトリクスが5歳から15歳まで夏のホリデーを過ごしたスコットランドのダルガイズ荘（ビアトリクスの父、ルパートの撮影）。ビアトリクスはこの地でキノコの美しさに出会い、熱中する

との面会の約束をとりつけ、ビアトリクスは自分の描いたキノコの絵を見せることができたのでした。

それは、「キノコに関しての生き字引」ともいえるチャーリーに自分の描いたキノコの種類を確認してもらうためでした。そしてこの出会いからチャーリーは、スコットランドからビアトリクスの住むロンドンまで郵便で実物のキノコを送り、お返しとしてビアトリクスがそのキノコを水彩画で2枚描き、1枚を確認のためにチャーリーに送るという約束を取り交わしたのでした。ビアトリクスは学校教育を受けなかったことを好ましいと思っていましたが、同じように学校教育を受けず、自然から学んだチャーリーに教えを受けることに何のためらいもなかったことを、ありがたいことだとビアトリクスは思っていたのでした。

ビアトリクスが熱心にキノコを描いていたのは、1888年から1901年にかけてのことでした。描くことが大好きだった少女は、それまですでにペットのうさぎなどの動物から、花、木、鳥、カブトムシや蝶などの昆虫まで、自分の興味のあるものに関して、生物学的に正確に描けるように、長年練習を重ねていました。

1888年、22歳のとき、ビアトリクスはキノコの水彩画を書き始めます。胞子培養に関する膨大な本を苦労しながら読んだりもしていました。

1893年もスコットランドのダンケルドでキノコの研究に夢中でしたが、その9月に元家庭教師であるアニー・ムーアから病気で伏せっている長男、ノエルのために手紙を書いてやってほしいと頼まれます。そこでベンジャミンの後、ペットとして飼っていたうさぎ、ピーター・パイパーの物語を作ることにしたのです。そのピーターという名のうさぎを主人公にした絵手紙がのちに『ピーターラビットのおはなし』として誕生することになります。

チャーリーがそのお話の中のマグレガーさんのモデルだという説もあるようですが、その絵手紙を書いた時期と、ビアトリクスとチャーリーが親しく接していた時期とが重なるので、それもうなずけることであり、長いあごひげがあるところなどその風貌も似ています。

このチャーリーのような人は、当時は、「ナチュラリスト」と呼ばれました。ナチュラリストは、自然に関心をもって、積極的に自然に親しむ人。また、自然の動植物を観察・研究する人と定義されます。

ビクトリア時代は、自然科学、特に植物学が大流行した時代で、イギリスでは野外観察クラブが多数生まれた時代だったのです。博物学と訳されるナチュラリストたちの研究が一般に普及し始めた時期でありました。ただし、このようなクラブは男性に限られていて、女性はせいぜい花を描くことがたしなみとして許されるような時代でした。この差別は、19世紀の終わりになっても続き、学校での女子の理科が不要とされたり、女子はアマチュアとしてしか科学の研究を許されなかったりしました。今でいう「理系女子」などという言葉をビアトリクスが聞いたら、さぞかし喜んだことでしょう。

ビアトリクスが叔父のヘンリー・ロスコー卿と訪ねたキュー・ガーデン。王室の別荘として使われていたこのキュー・パレスの周囲にオーガスタ皇女（ジョージ3世の母）が1759年に開いた庭園から現在のキュー・ガーデンは発展した

ビクトリア時代、1844～48年の間に建てられたパーム・ハウス（ヤシ類温室）。ビアトリクスもこの温室を見学したのかもしれない

キュー・パレスの横に作られたハーブ・ガーデン

キノコ研究に立ちふさがる壁

チャーリーの他にもう1人、ビアトリクスには理解者がいました。

ビアトリクスが「ハリーおじさん」と呼んで親しんでいたヘンリー・ロスコー卿は、著名な化学者で、しかもロンドン大学の名誉副総長という地位にありました。彼は、ビアトリクスの父ルパートの一番年下の妹の夫だった人です。ビアトリクスのキノコ研究のよき理解者であり、キノコの胞子の実験についても相談する仲でした。ビアトリクスは、発芽中の胞子のスケッチまでたくさん描いていましたので、ハリーおじさんはビアトリクスの実験結果を新しい学説として、キュー・ガーデン（Royal Botanic Gardens, Kew）の園長に見てもらうために一緒に会いに行ってくれるような人物でした。ビアトリクスにとっては、不明な菌類の分類について話のできる相手が欲しかったのです。

キュー・ガーデンは今でこそ入場は誰でもでき、その広い園内の散策を楽しむことができますが、当時は会員か、もしくは紹介状によって発行される入場証を持っていないと入ることができない特別なところでした。研究を第一の目的とする科学研究施設であることは今も変わりませんが、当時は植民地など帝国拡張のために、大英帝国支配下の国の自然資源を発見、開発する使命も担っていました。

ハリーおじさんのおかげでビアトリクスは入場証を発行してもらい、何度か自分だけでもキュー・ガーデンを訪ねています。けれどもその園長からは相手にされることはなく、協力を得ることはありませんでした。

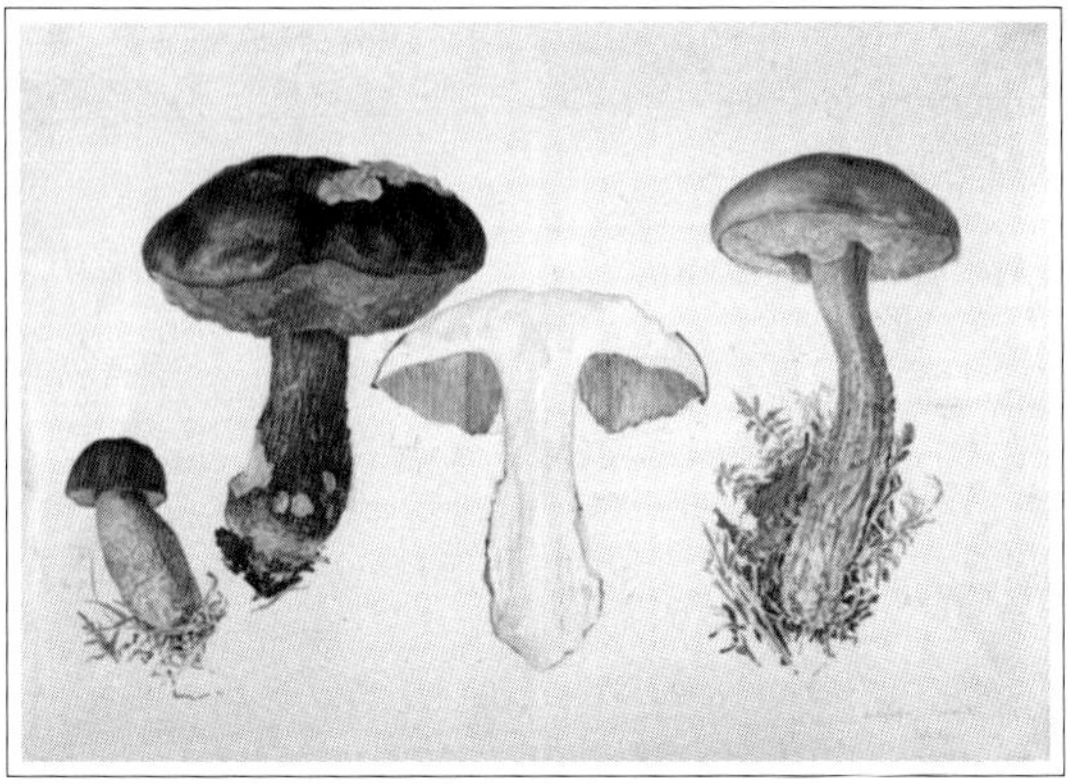

ビアトリクスが1897年10月、ケズィックで描いたヤマイグチ（Leccinum melaneaとLeccinum scabrum）2種のスケッチ

そのことに気分を害したハリーおじさんは、ビアトリクスをできるだけ助けてやろうと動き、論文を書く手助けを惜しみませんでした。そして、ついには「ハラタケ科胞子の発芽について」と題したその論文を、1897年にロンドンの植物学の学会であるリンネ協会で発表できるまでになりました。ビアトリクスは、ただキノコの絵を描くだけでなく、キノコがどうして増えるのか、その胞子を培養して顕微鏡で観察するまでに至っていたのです。

リンネ協会は、ビクトリア時代にキュー・ガーデン同様、植物学界で重要な役割を果たしていた団体で、1788年スウェーデンの偉大な植物学者リンネのコレクションを収蔵する目的で設立され、ロンドンの中心、メイフェアにあるバーリントン・ハウスに拠点がありました。由緒ある科学有識者の組織として、研究用図書館の運営、選ばれた会員のための会合、学術論文の出版をその役目としていました。

けれども当時は女性がこの会に出席することも、ましてや発表をすることなど許されていませんでした（女性を認めることにした1905年まで）。ビクトリア時代という背景が、ビアトリクスが積み上げてきたキノコの研究を大きな壁でふさいでしまいます。そこで、キュー・ガーデンの副園長で、ビアトリクスに協力的だったジョージ・マッシー氏がビアトリクスに代わって論文を読み上げてくれることになりました。しかしリンネ協会の議事録では、1897年4月1日の学会で彼女の論文が読み上げられたという記録は残っているものの、論文が印刷されることもなく、研究者たちからも無視されて、そのまま陽の目を見ることはありませんでした。

ビアトリクスの落胆ぶりはさぞや大きかったことでしょう。もしかしたらその論文はビアトリクスが破り棄ててしまったのか、行方不明のままなのです。１９０１年に『ピーターラビットのおはなし』の自費出版が出る頃までは、キノコのスケッチは続けていたということですが、その研究は女性が続けても実りがないことを悟り、その情熱は絵本へと移っていったのでしょう。

ビアトリクスの目標は、自分の才能を生かし、有益かつ経済的に自立できる手段を得ることでしたから、現代にビアトリクスが生きていたら、自然科学分野の研究者として成功を収めることになり、もしかしたら絵本は生まれていなかったかもしれない、そう考えると時代の流れというものの不思議さを感じずにはいられません。

独学で成し遂げたその科学者並みのキノコの知識と博物学者並みのスケッチは、後になって絵本作家としてのビアトリクスに生かされます。

『りすのナトキンのおはなし』は実際にキノコをスケッチしたリングホーム邸が舞台ですが、キノコの絵がふんだんに使われ、秋の風情を高めています。また、『妖精のキャラバン』では挿絵にサルノコシカケが使われ、こぶたのパディがキノコのタルトを食べて病気になる場面があります。

自分の努力の結果が認められないという悔しさを経験しながら、このキノコに代表されるように、ビアトリクスが自然から学び取った確実な絵の力が絵本というファンタジーの世界の背景として生かされ、リアリティーを与えることになるのです。

ビアトリクスは、ビクトリア時代という、何かをしたい、成し遂げたい女性にと

左上が『妖精のキャラバン』に描かれたサルノコシカケ（Bracket fungi）で、右上はサルノコシカケの水彩画
『りすのナトキンのおはなし』にも左下のキノコの絵が生かされている

っては過酷な時代に、自分を表現する道を探し当て、それを自分のために楽しんで行った人でもあったと思うのです。そうはいっても、道を絶たれた絶望感から、アーミット・ライブラリーに寄贈したキノコのスケッチを保存した紙挟みを、ビアトリクスはほとんど開くことはなかったようです。その今も残る鮮やかな色合いには、皮肉にもビアトリクスの秘められた絶望が込められていることを知るのです。

現代になって、菌類学者たちが、ビアトリクスの描いたキノコの絵が正確に描かれていることから、その絵をキノコの同定のために参考にしたり、キノコの図鑑にその絵が使われたことを知ったら、ビアトリクスは、どんなに喜んだことでしょう。

ビアトリクスのクリスマス・カード

キノコ研究を始めた頃、後のビアトリクスに絵本という新しい道を開く前触れのような出来事が起こります。彼女の絵がクリスマス・カードとして販売されたのです。

ビアトリクスのキノコの研究を認め、キュー・ガーデンに紹介した叔父、ヘンリー・ロスコー卿は、彼女の絵の熱烈なファンでもありました。印刷機を買いたいがその費用がないと嘆くビアトリクスに、親戚や家族に送っている手描きのカードを出版社に持ち込んで、お金を作ればいいと助言するのでした。

そもそも、世界に先駆けてクリスマス・カードを発行したのはイギリスで、その第一号は１８４３年、ビクトリア＆アルバート博物館の初代館長のヘンリー・コー

ビクトリア＆アルバート博物館の初代館長ヘンリー・コールが１８４３年に発行した世界初のクリスマス・カード

ルが作りました。

ヘンリー・コールは、1851年にロンドンで開かれた第1回万国博覧会を精力的にプロモートした人物であり、1840年に導入された、ペニー・ポストと呼ばれる、標準の手紙なら1ペニーで英国内どこへでも送れるシステムの施行にも尽力し、郵便制度の確立にも貢献しました。また、世界初の切手と呼ばれる、黒のバック・グラウンドにヴィクトリア女王の横顔の入った「ペニー・ブラック」のデザインにも関わったといいます。公務員という職業にありながら、さまざまな分野で活躍した人物でした。

その第一号のクリスマス・カードは、クリスマスのお祝いをしているビクトリア朝の楽しそうな家族を中心に、左右に貧しい者への慈善を促したイラスト。これはジョン・ホースリーがデザインしたもので、石版画に手彩色された、手間のかかったものでした。このイラスト内に、子どもにワインを飲ませている描写があり、子どものモラルの退廃を促すと批判された、というエピソードもあります。

ただしこのカードは、1枚1シリングと当時の値段としては高価であったため、あまり売れずに、この試みは、商売としては成功とはいえないものでした。

クリスマス・カードが人気となるのは、1860年代に比較的安価で作成できるカラー印刷が可能になってからのことでした。クリスマス時期の挨拶に、何枚もの手紙を書く手間を省くため、すでに「メリークリスマスとハッピーニューイヤー」と書かれたイラスト入りのカードを作り、後は相手の名を書き、サインするだけで

1932年、ビアトリクスの絵でICCA(疾病児童援助協会)が制作したクリスマス・カード。ツリーの周りを絵本のキャラクターたちが踊っている。病院の資金集めのために販売するこのカードにビアトリクスは毎年自分の描いた絵を提供していた

済むように、と考え出されたものでした。

ビアトリクスの絵がクリスマス・カードに採用された時期は、すでにクリスマス・カードが習慣として定着した時代になっていたということになります。

ビアトリクスは、伯父の後押しで、ペットとして飼っていたうさぎ、ベンジャミン・バウンサーをモデルにしたスケッチから6枚のカードのデザインをします。1890年、24歳のとき、ヒルデスハイマー・アンド・フォークナー社がこのデザインを買い取り、ビアトリクスの絵は世に出ることになりました。その同じ年、カードと同じ絵がフレデリック・M・ウェザリーの詩集『幸せな二人づれ』（*A Happy Pair*）（1890）の挿絵として採用されるという、幸運にも出会います。

こうして、ビアトリクスはプロの画家として踏み出すことになるのでした。『ピーターラビットのおはなし』の絵本が出る12年も前のことです。

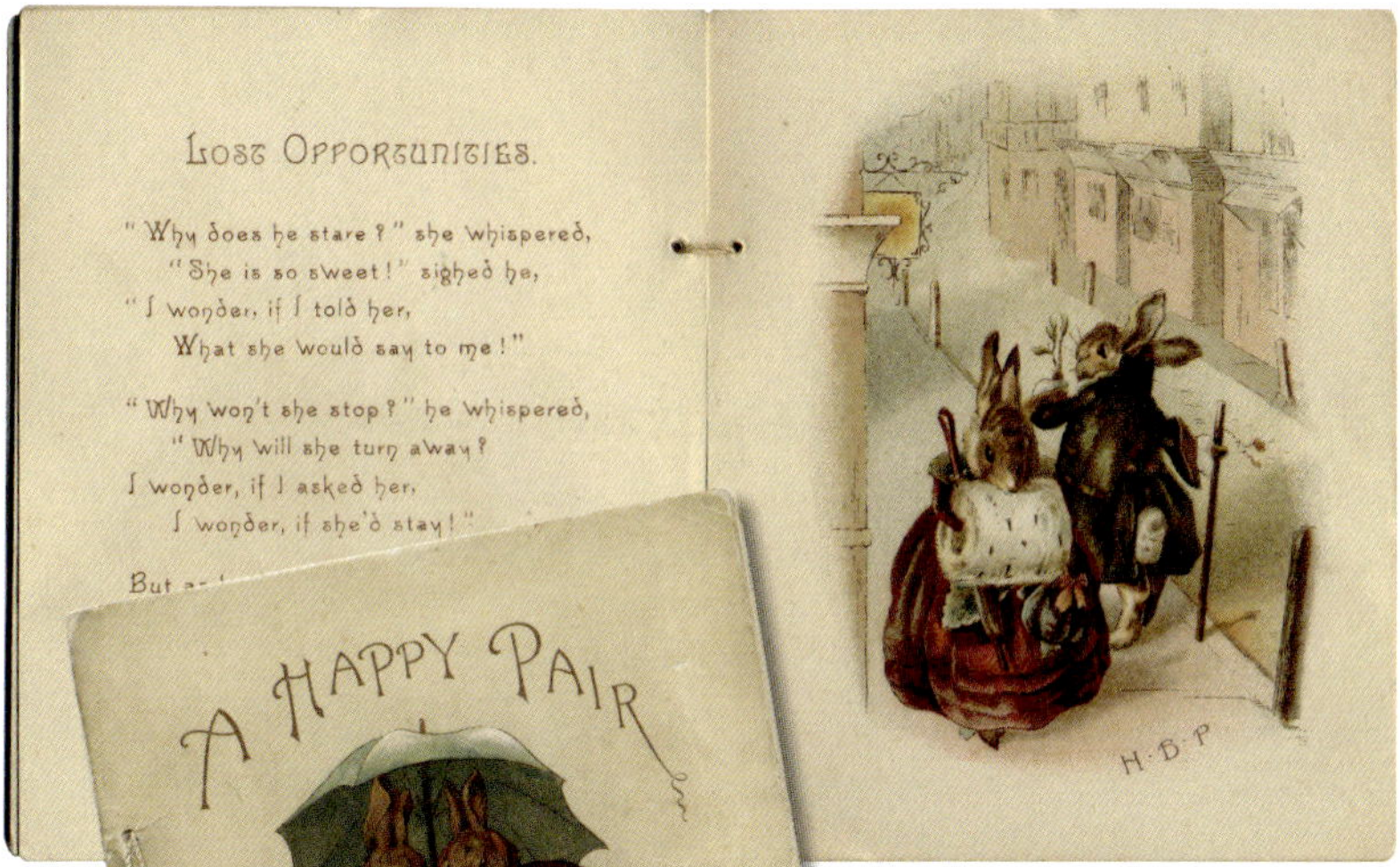

（上）ペットのうさぎ、ベンジャミン・バウンサーをモデルにしてビアトリクスの描いたクリスマス・カードの絵は、フレデリック・E・ウェザリーの詩集『幸せな二人づれ』（*A Happy Pair*）に使われた。ビアトリクスがプロの画家としてデビューすることになった記念すべき本。世界で10冊残っているかどうかという貴重書だが、大東文化大学のビアトリクス・ポター資料館に所蔵されている。うさぎの紳士が手に持つのはヤドリギの枝（写真）（左）その『幸せな二人づれ』に収められた６枚のうちの１枚が使われたクリスマス・カード。クリスマス・プディングを持ったうさぎとヒイラギが描かれている

アンブルサイドの北にある町、グラスミア（Grasmere）。この村は、英国を代表するロマン派詩人であるウィリアム・ワーズワース（1770～1850）が1799～1808年に住んでいた家、ダブ・コテージがあることでも知られています。

この町で有名なお菓子が「グラスミア・ジンジャー・ブレッド」。

ワーズワースの眠る墓地に面して建つちいさな家がその店です。

1855年、サラ・ネルソンが自分が住むこの家の前で、湖水地方の山越えをする人々のためにその栄養源として手作りのジンジャー・ブレッドを売り出したのが始まりです。ポケットの中などに入れても壊れないような硬さと独特の甘さが特徴です。

今でもそのレシピは企業秘密として明かされていません。お客2人が入ると満員になってしまうような、この小さな店の奥で毎日焼き上げられ、店頭に並べられます。秘密とはいえ、イギリスのお菓子の本にはこのビスケットの味わいから想像して作り上げたレシピが数多く出回っています。

すでにビアトリクスが生まれる10年も前にこのビスケットは売り出されていたことになりますから、ビアトリクスもこのジンジャー・ブレッドを携えて、スケッチに出かけていたのかもしれません。

ビクトリア朝風の衣装をまとった店員さんが迎えてくれる愛らしい店内

（上）小さな店ながら大人気
（右）ショップで売られる秘伝のグラスミア・ジンジャー・ブレッド

Recipe

〈5〉

グラスミア・ジンジャーブレッド

Grasmere Gingerbread

■材料　(20センチ角ケーキ型1個分)
薄力粉：100g
オートミールを粉状にしたもの（フードプロセッサーなどで）100g
ベーキング・パウダー：小さじ1/4
塩：ひとつまみ
ジンジャー・パウダー：小さじ3/4
無塩バター：120g
ブラウンシュガー：100g

■作り方
1．オーブンは180度に温めておく。ケーキ型にはベーキングシートを敷いておく。バターは電子レンジ、または湯煎で溶かしておく。
2．薄力粉、ベーキング・パウダー、ジンジャー・パウダー、塩を合わせてボールにふるい入れる。そこに粉状にしたオートミール、ブラウンシュガーも加える。
3．溶かしたバターを2に加え、よく混ぜる。
4．用意した型に3の生地をゴムべらなどで押し付けるようにしてぎゅっと敷きつめ、表面を平らにする。
5．あらかじめ温めておいたオーブンに入れ、表面がほんのりとキツネ色になる程度に30分ほど焼く。
6．オーブンから出し、まだ温かいうちに切り分けたい大きさにナイフで筋目をつける。冷めたら型から出し、筋目に沿って切り分ける。

6

ダーウェント湖

Derwent Water

ビアトリクスの画力が磨かれた避暑地

I think I have done every imaginable rabbit backgrounds & miscellaneous sketches as well—about 70! I hope you will like them, though rather scribbled.

次のうさぎの本の背景として考えられるスケッチ、他のスケッチを合わせると70枚にもなります！　やや粗いけれど、あなたが気に入ってくださることを願っています。

（1903年フォーリー・パーク邸より送ったノーマン・ウォーン氏への手紙）

ニア・ソーリー村周辺がビアトリクスのお話の第一の舞台とするなら、第二の舞台となっているのが、湖水地方北部にあるダーウェント湖（Derwent Water）周辺といえるでしょう。ダーウェント湖は、ウィンダミア湖から国道A591を車で走り、アンブルサイド、グラスミアの町を通り過ぎ、景色を楽しみながらの40分ほどの楽しいドライブで到着します。今までご紹介した所からは、ちょっと離れた地域となり、湖水地方にある湖としては一番北にある、もっとも大きな湖です。

1885年から1907年の夏をこのダーウェント湖周辺で家族とともに過ごし

ケズィックでは毎週土曜日にムート・ホール前のマーケット広場で露天市が開かれ、多くの人で賑わう

たビアトリクスは、この地で描いたスケッチを元に3冊の絵本を描きました。『りすのナトキンのおはなし』、『ベンジャミン バニーのおはなし』、『ティギーおばさんのおはなし』（1905）の3冊です。吉田新一先生は『ピーターラビットの世界』の中で、「ビアトリクス・ポターの絵本は、その絵の背景に使われた場所がほぼ全部特定できるほどに、この作者の現実への依存というのか執着というのかが強いのです」と書かれています。

ニア・ソーリー村やその近郊を舞台にした絵本でもそうでしたが、このダーウェント湖周辺を舞台にしたお話でもそのことは明らかです。そして同様にナショナル・トラストに守られていることで、100年以上経った今でもビアトリクスが描いたそのままの景色を見ることができるのです。

ウォーキングのメッカ、ケズィック

ダーウェント湖の北端にある町が、ケズィック（Keswick）。この町では、1276年から今に至るまで、市が毎週土曜日に開かれ、古くからマーケットタウンとしても知られています。

買い物のためにビアトリクスがこの町に何度も訪れていることは明らかですが、市の風景ぐらいしかスケッチに残していないのは、ビアトリクスがこの町をあまり好んでいなかったからのようです。その証拠にビアトリクスは1929年にアメリカの友人に送った手紙の中で、湖水地方でのお勧めの宿泊場所を紹介する折に「ケ

ケズィックの町で買ったスケッチブックに描かれたこのような水彩画が『1903年ダーウェント・ウォーター・スケッチブック』と題されて残っている

ズィックなんてひどくつまらない、寒い町ですよ」と書いているのです。

ビアトリクスは、1903年の夏、このケズィックの町で買ったスケッチブックに、ダーウェント湖周辺でのスケッチや水彩画を描きました。それが『1903年ダーウェント・ウォーター・スケッチブック』と題されて残っています。その中の水彩画には『りすのナトキンのおはなし』の3冊の絵本の背景として生かされたものも多くあり、『ベンジャミン バニーのおはなし』、『ティギーおばさんのおはなし』の3冊の絵本の背景として生かされたものも多くあり、ビアトリクスの絵本の構成を知る貴重な資料となっているのです。

ケズィックには、ホークスヘッドの町のようなこぢんまりとした居心地の良さは感じることができませんが、店の数も多く、湖水地方北部の拠点ともなる中心地として活気にあふれる町です。

ケズィック周辺は湖水地方の中でも特にウォーキングのメッカであるので、ウォーキングの基地としてアウトドア用品の店が充実しているのです。そのアウトドア用品店のひとつ「ジョージ・フィッシャー」では、ウォーキング・シューズの貸し出しという便利なサービスを行っているとのこと。あらかじめ日本から持っていかなくても、こうした店を利用すれば気軽に湖水地方のウォーキングが楽しめるというわけです。ビアトリクスの絵本の舞台となった場所にも、できたら車を停め、ゆったりとした湖水地方のペースに合わせて、自分の足で訪ねてみたいものです。

幸いイギリスにはフットパス（footpath）という、イギリスで発祥した「歩くことを楽しむための道」があり、農場や私有地を通っているにもかかわらず、誰でも

ブルーバッジ・ガイドのマルコムさんと歩いたダーウェント湖畔のフットパス

【ダーウェント湖】

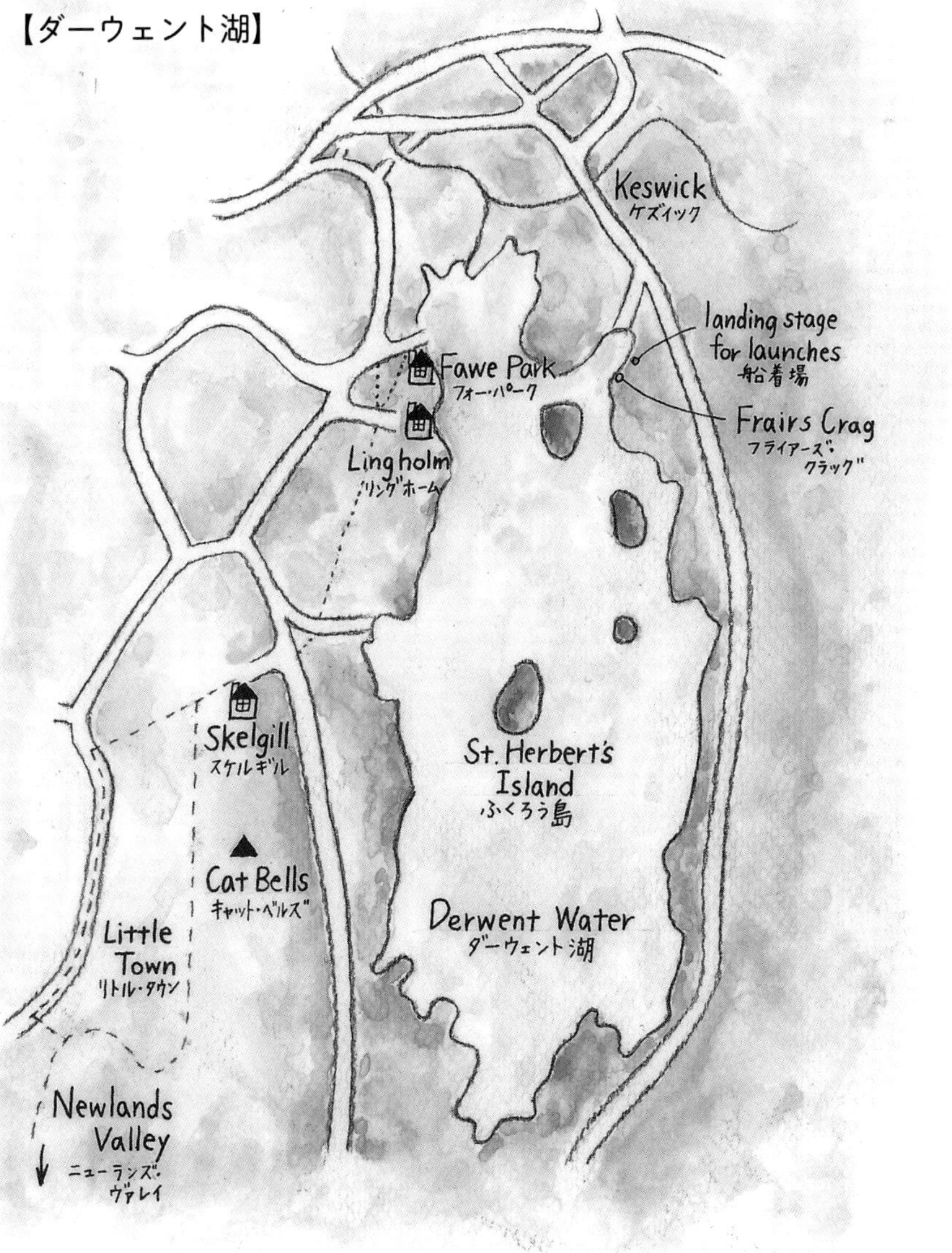
Keswick
ケズィック
landing stage
for launches
船着場
Fawe Park
フォー・パーク
Frairs Crag
フライアーズ・
クラッグ
Lingholm
リングホーム
Skelgill
スケルギル
St. Herbert's
Island
ふくろう島
Cat Bells
キャット・ベルズ
Derwent Water
ダーウェント湖
Little
Town
リトル・タウン
Newlands
Valley
ニューランズ・
ヴァレイ

通ってもよい道がいたる所にあります。そうした道は、自然の中の道なき道ですから、豊かな自然に触れるチャンスでもあるわけです。

湖水地方を歩いていると、若い人も年齢を重ねた人もウォーキングを楽しんでいる姿に多く出会います。

ぜひともこの地域では、ビアトリクスの絵本の舞台を歩いて訪ねる、といったテーマのあるウォーキングを楽しみたいものです。ウォーキング・シューズもない時代に、今では信じられないような華奢な木靴（クロッグ）で、この荒涼とした風景の中を歩いていたビアトリクスの視線がわかるにちがいありません。

ベンジャミン バニーとフォー・パーク邸

ダーウェント湖の北西岸にあるフォー・パーク邸（Fowe Park）に、ポター一家は1903年のひと夏だけ、3か月間を夏のホリデーを過ごすために滞在しています。隣のリングホーム邸では9回もの夏を過ごしていることを考えると、どうしてたった1度しか過ごさなかったのか不思議になります。

「家の様子を見たら、きっとわかるよ」とは友人でブルーバッジ・ガイドをしているマルコムさん。

「ポター一家はこの家をあまり気に入らなかったのだろうね」と言うのです。

フォー・パーク邸は私邸となっているので、一般に公開はされていません。うっそうと茂った森の中にFowe Parkと書かれた表札のある門扉がひっそりとあるの

『ベンジャミン バニーのおはなし』フォー・パーク邸の塀の上からマグレガーさんの菜園を眺めるピーターとベンジャミン。時を経て今も絵本の世界がそこにある

で、ここが入り口だとわかりますが、そこからはまた森に囲まれた道が続いているだけで、家はまったく見ることができません。大きなお屋敷にはよくあることですが、門から家まではかなりの距離があるのです。

「ここはプライベートだよ。」

門のところでうろうろしていると、後ろからのこの声に飛びあがるほど驚きました。振り返ると、番犬を連れたおじいさんが恐い顔をして立っているではありませんか。

誰かと思ったら、フォー・パーク邸の石造りの門番小屋「ゲートハウス」から出てきたおじいさんでした。ビアトリクスが過ごした別荘というのを一目見ようとやって来る観光客を、この門番のおじいさんは追い払うのに嫌気がさしているといった雰囲気でした。

このフォー・パーク邸を見学する機会は、2000年の夏、ポター・ソサエティーのコンフェランスの際、講演の間に設けられたアウティング（遠足）で実現しました。嬉しいことにこのフォー・パーク邸とリングホーム邸の見学が企画されていたのです。

ようやくあのうっそうとした、森の道の先にあるものがどんなものか、確かめることができる——そう思っただけで、心が躍りました。

表札のある門からどれくらい歩いたでしょうか。しばらくすると黒っぽい、湖水地方独特の石で造られた大きな家が目の前に現れました。周囲が森に囲まれている

フォー・パーク邸とそこから眺めるダーウェント湖

せいか、夏でも陽が差さず、しっとりと薄暗い中に建つその重厚な屋敷は、不気味な感じすらします。私たちが訪ねたときも、かつてのポター一家のように、夏のホリデーを過ごす一家が滞在中でした。

玄関側から回って庭に出ると、そこにはそれまでの薄暗いイメージとは対照的にさんさんと光が降り注ぐ世界が広がっていました。庭の塀の向こうにはダーウェント湖が湖面をきらきらと反射させて広がっています。屋敷はその湖を眺めおろすような高台に建ち、庭は湖に向かって二層の段々になっています。

ここに滞在した1903年にはビアトリクスは『ベンジャミン バニーのおはなし』を構想中で、そのお話のためにこのフォー・パーク邸の庭をたくさんスケッチしています。

ロンドンを離れる前にビアトリクスは次に出す絵本について、出版社であるフレデリック・ウォーン社で彼女の絵本を担当していた編集者、ノーマン・ウォーン氏に手紙を送っています。

「まだ漠然とした状態しかできていなくて、この夏はスケッチをした方がよさそうです。背景となるアイデアのストックも使い古してしまったようなので」と。

そんなビアトリクスはこの庭から充分なアイデアを得て、再びノーマン・ウォーン氏に次のように手紙で知らせています。

「うさぎの背景として考えられるすべてをスケッチできたと思います。種種雑多なスケッチを合わせて70枚も!」

フォー・パーク邸の菜園。苗床にはこれから植える苗のポットが並ぶ

この庭を見て回ると芝生や花々を植えた花壇の他に、果樹園、キッチンガーデン、温室、苗床、植え替えをするための小屋など、庭といってもいろんな顔を持っており、ビアトリクスに多くのスケッチのアイデアを与えたということを実感します。そしてビアトリクスの視線が、庭の中の何気ない場所を捉え、絵本の挿絵の背景に生かすその絶妙な感性に興奮するのです。

たとえば、苗床のいろいろな苗が植えられた様子、庭の道具、植え替え用の小屋の中、時を経てやさしい色合に落ち着いた庭を囲むレンガの塀など、今見ている庭のそうしたものが、『ベンジャミン バニーのおはなし』の中では、まるパズルを当てはめたようにしっくりと背景として描かれているのに驚き、感動します。この庭では絵本の中のうさぎたちが実在の場所と重なり、生き生きと動き、息づいているように感じるのです。

ビアトリクスはうさぎを主人公にした絵本を全部で5冊出していて、その中の『ピーターラビットのおはなし』、『ベンジャミン バニーのおはなし』、『フロプシーのこどもたち』（1909）、『キツネどんのおはなし』の4冊はまとめて「うさぎ絵本」と呼ばれています。この4冊に共通しているのは、子うさぎたちが言うことを聞かなかったために危ない目に遭うというモチーフです。たとえば、『ピーターラビットのおはなし』は、ピーターがお母さんの言うことを聞かずに畑に忍び込んで、恐ろしい思いをするお話でした。『ベンジャミン バニーのおはなし』は、その続編ともいえるもので、ピーターが置いてきてしまった青いジャケットを、いとこのベンジャミンと共に取り戻すために再び畑にしのび込み、またもや怖い目に遭うというお話です。

　このフォー・パーク邸の庭のどんな所が絵本の中に生かされているか見てみましょう。まず、マグレガーさんの畑に戻るためにピーターとベンジャミンは、ダーウェント湖の見える、庭の石塀に立っています。

　そして2匹は、その石塀から畑に梨の木をつたって降りるのですが、その梨の木は今もこの庭を取り巻くレンガの塀に沿って植えられています。ちょうど訪ねたときには腰ほどの高さの低い木であるにもかかわらず、たわわに洋梨が実っていました。そういえば、ヒルトップの庭にも家へと続くボーダー花壇の小道に沿って、同じように低く洋梨の木が植えてありますから、そのアイデアをビアトリクスはこの庭から得たのかもしれません。

　畑で2匹が最初に見るのがレタスの種を蒔いた苗床で、ちょうど芽が出たばかりのレタスが挿絵に描かれています。この苗床には、種を蒔くためではなく、種を蒔いたポットや、挿し木をしたポットなど、ビニールのポットがたくさん並んでいました。

　また、ピーターはマグレガーさんに取られ、かかしにかかっていた青いジャケットを取り戻し、ついでにベンジャミンとともに玉ねぎを抜いたり、レタスを食べたりするのですが、その玉ねぎやレタスは今も同じように植えられ、奥には温室も挿絵そのままに残されています。この畑では今でも、滞在している一家の食べる分は

（136ページ）左が1903年夏に描かれたフォー・パーク邸の菜園に通じる木戸の水彩画。この水彩画が『ベンジャミン バニーのおはなし』で息子と甥のピーターを叱って畑を引き上げるベンジャミン バニー氏の場面の背景となっている
（本ページ）左上は挿絵に描かれた温室が今もそのままに残る菜園。きちんと列になって玉ねぎが植えられているのも変わっていない。右上は庭の道具を入れたり、苗を植え替えるための小屋で、前にあるのは苗床。それぞれ『ベンジャミン バニーのおはなし』で描かれる場面そのままである。右下は右上の写真の一部をビアトリクスが描いた水彩画で、右中の挿絵の背景となっていることがわかる

十分に賄えるほどの、豊富な野菜が栽培されているのです。

他にも、出口がわからなくなった2匹が庭の中で道に迷ってさまよい歩く、植え替え用の小屋や庭道具が置かれた道、ねこが上に乗ってしまったために2匹が閉じ込められる結果になったかごも、古ぼけてはいるものの、この菜園で見つけました。

心配して2匹を探しにきたベンジャミンのお父さんが、その2匹を連れて帰る場面で描かれている白い木戸も、今でもそのままに残っています。

ブルーバッジ・ガイドのマルコムさんとフットパス（ニコル・エンド（Nichol End）からハウズ・エンド（Hawes End）まで続く）を歩いたときは、もちろん敷地の中に入ることはできませんでした。でもフットパスは、フォー・パーク邸の敷地に沿って建てられた板塀沿いに通っているので、その隙間とか、木の節の穴から、フォー・パーク邸の庭がかろうじて覗けるのでした。背の高いマルコムさんは「ほらこうやってね」と言いながら、思いっきり背伸びをして塀越しに庭を覗き込んでいました。

こんなことができるのも、ウォーキングの楽しみといえるかもしれません。

マグレガーさんの畑のモデル、リングホーム邸

フォー・パーク邸からのフットパスをそのまま南へ歩いていくと、リングホーム邸（Lingholm）の広々とした門の所にやってきます。フォー・パーク邸の、木々に埋もれてうっそうとした入り口に比べたらなんと明るいのでしょう。門からは遠

くにリングホーム邸の大きなお屋敷がそびえているのが見られます。

私が初めてこの庭を訪ねた1984年、そして1996年、ウィンブルドンに住んでいるときに一家で訪れた折には、庭が一般に公開されていたので、誰でも見学することができました。その後、完全な「プライベート」となり、見学の道は閉ざされてしまったのです。けれどもフォー・パーク邸の門の横には、「キャット・ベルズ山とダーウェント湖畔へ」と標識の書かれたフットパスの入り口があり、この道を辿って行くと、キャット・ベルズ山を間近に眺め、しかも『りすのナトキンのおはなし』でビアトリクスがスケッチした湖畔の森の散策も楽しむことができます。その森にはナトキンのモデルとなった赤りすが生息していますが、今やその数が少なくなり、絶滅の危機にさらされているとのこと。あちらこちらでこの赤りすを守るためにその保護を呼びかける看板が目に付きました。

1870年代に建てられたリングホーム邸は、ビクトリア時代の常で、何人もの召使を必要とするほどの大きな邸宅です。ところが1890年代には、家具付きで家を貸していたため、ポター一家のように夏だけ借りるということができたのでした。その後1900年代はじめ、ジョージ・ケンプ大佐（後に初代ロチデイル卿となる）が購入、その住まいとなります。初代ロチデイル卿が、1920~30年代に庭にしゃくなげとアザレア（ツツジ類の総称）を植え込み、現在ある庭に造り上げたため、この庭はその花々のコレクションで有名になりました。

ビアトリクスは、このリングホーム邸では、庭ばかりでなく、階段のあるホール

リングホーム邸の表札。名物のしゃくなげの花が描かれている

などのインテリアを描き、古い家であるこの家にも興味を持っていたことが伺えます。写真好きの父親であるルパートは、この家の写真を撮影し、そのおかげで当時の様子がわかる貴重な資料にもなっています。

ポター・ソサエティーの遠足で、フォー・パーク邸に続いてここを訪れたときには、当時の所有者であったロチデイル卿が自ら案内をしてくれました。

ロチデイル卿は大きな写真を持って現れました。その写真とは、そのとき私たちが立っていた同じ玄関の扉の前で1887年に撮られたものでした。中央に父親のルパート、左に弟のバートラム、右にビアトリクスが座っている写真です。そこにはまだ少女のように愛らしいビアトリクスが写っていました。その玄関からぐるりと建物を回って、建物の南側に出ると、そこは家族がくつろげるような広い芝生が広がっています。

マグレガーさんの畑は、『ピーターラビットのおはなし』、『ベンジャミン バニーのおはなし』、『フロプシーのこどもたち』に登場しますが、どこにこのマグレガーさんの畑があるのだろうと読者の興味は膨らみます。ピーターがすりぬけたあの門はどこなのか、ピーターといとこのベンジャミンが小さな木靴の足跡を残した、種を蒔いたばかりのレタス畑はどこなのかとか…。

この質問に対してビアトリクスは「どこにあるかなどは全く重要ではありません。『ピーターラビットのおはなし』の中で、マグレガーさんの畑はどこをモデルにしているか説明するのが難しいほどいろいろな場所を組み合わせて描いているのです

（右）『りすのナトキンのおはなし』のために描いたリングホーム邸周辺の森で木の実を集めるりすを描いたビアトリクスの水彩画　（左）ビアトリクスが描いたリングホーム邸の室内

リングホーム邸。右下はテラスに面したリングホーム邸の外観、左上はテラスに出るための扉、左下はテラスから湖畔に向かって造られた庭園。かつてここにマグレガーさんの畑のモデルとなった菜園があった

から」と、きっぱりと書いています。

「もし野菜畑とその門がどこかにあるとしたら、それはケズィック近くのリングホーム邸ですが、それを探すのは意味のないことでしょう。造園会社がその門を取り払って新しい門を石をはめ込んだ小道と一緒に造りましたから」と書いています。

その言葉通り、マグレガーさんの畑のモデルは、このリングホーム邸にあったことは確かなようですが、残念ながら今では後片もありません。

『りすのナトキンのおはなし』は、1901年にこのリングホーム邸から送った絵手紙が元になって書かれました。手紙の送り先は、ビアトリクスの元家庭教師アニー・ムーアの5番目の娘、ノーア・ムーアでした。『ピーターラビットのおはなし』のときと同じように、送った手紙をノーアから借り、全体を手直しして、絵本に仕上げていったのです。背景にはリングホーム邸に滞在中に描いた湖畔の森や庭が使われ、そのスケッチの中にりすたちを描き込んでいくというビアトリクス独自の作風が、この作品にも生かされています。

ところで、りすのナトキンたちは、このリングホーム邸のあるダーウェント湖畔からふくろう島へといかだに乗り、広げた尻尾を帆の代わりにして渡りました。そこには島の主であるふくろうのブラウンじいさまが住んでいるのですが、秋になるとりすたちはねずみやモグラなどをブラウンじいさまの食事として持っていき、その代わりに島の木の実を採る許しをもらっていたのです。いたずらなナトキンだけはじいさまに挨拶もせずにふざけているので、とうとうじいさまは怒ってナトキン

リングホーム邸の玄関。奥にあるのはこの玄関前で撮影されたポター一家の写真

をつかまえ、必死に逃げ出そうとしたナトキンは、ふくろうのブラウンじいさまに尻尾を切られてしまうのです。

ふくろうのブラウンじいさまの住むふくろう島は、セント・ハーバート・アイランド（St. Herbert's Island）と呼ばれている島です。この湖に浮かぶ島の眺めはビアトリクスのお気に入りだったようで、『１９０３年ダーウェント・ウォーター・スケッチブック』の中にもいくつもその景色を描いています。

うっそうと木が茂った、こんもりとした緑の島は、現在はナショナル・トラストの所有になっており、ケズィック側の湖畔から手こぎボートか、モーターボートで出かけることもできるのです。

りすのナトキンが渡ったふくろう島

私が初めてこの島を見たのは、生まれて初めて湖水地方を訪れた、１９８４年のこと。このリングホーム邸側の森の湖畔からでした。湖にはたくさんの似たような島があって、どれがふくろうの島かと迷うほどですが、そのこんもりとした、独特な形でわかるはずです。

その次はリングホーム邸とは対岸にあたるケズィック側のフライアーズ・クラッグ（Friars Crag）からこの島を眺めました。その半島のように突き出た先端から見ると、ふくろうの島は、目の前に大きく迫っています。

そのフライアーズ・クラッグにはケズィックの町から歩いて行くことができます。

ビアトリクスが描いたダーウェント湖畔の森のスケッチ

目印は、大きな駐車場の脇に建つ劇場。その劇場の前から、ボートの船着場を通り、道はダーウェント湖の湖畔に沿って遊歩道のように細くなり、湖に突き出たフライアーズ・クラッグへと至ります。夏は、キャンプに来た子どもたちの賑やかな声が響き、湖を渡ってくる風は心地よく、いつまでもここでのんびりとしていたいと、ここに来るたびに思います。

さて、今度はもっと高いところから、この島をダーウェント湖全体の中に眺めてみましょう。ラトリグの丘（Latrigg）は地図には「ビューポイント」（眺めの良い場所）として記されている場所です。この丘をめざして、車でケズィックの町からオーマスウェイト（Ormathwaite）の標識に従って、どんどんと細い道を登って行きました。初めて通ると、この道でほんとうに着くのだろうか、と心細くなるような、住宅の間を走る細い道です。やがて、住宅は少なくなり、山肌の一面をヒースの花がピンク色に染めた丘に出るのです。そこには車が数台停められる駐車場があります。ここからウォーキングに出かける人のためにこうした駐車場が用意されているのです。ここからは、牧場の中のフットパスを歩きます。私が訪ねたときは、風を妨げるものが何もないので、体が吹き飛ばされるのではないかと思うほどの猛烈な勢いで風が吹いていました。その風に抵抗しながら、羊たちが草を食むそのすぐ横を歩くこと20分。たどり着いた丘の上からの、その眺めのなんとすばらしいこと。

楕円形のような形をしたダーウェント湖に、あのふくろう島もくっきりと湖の中に浮かんでいるのがわかります。そしてその湖を取り巻く緑の、光線によってかも

（右）フライアーズ・クラッグを示すナショナル・トラストの標識　（左）8月になるとラトリグの丘の周囲はヒースの花で紫色におおわれる

『1903年ダーウェント・ウォーター・スケッチブック』にリングホーム邸の庭や湖岸の景色が描かれているが、ビアトリクスはスケッチのあと、水彩で描き（中央の絵・ふくろう島）、それから絵本のためにその絵の中に動物（ここではりす）を描く手法をとっている。上はラトリグの丘から眺めたダーウェント湖。左下はフライアーズ・クラッグから眺めるふくろう島

し出される明暗のグラデーションの美しさ、農家の家々もまるでドールハウスのように愛らしくその緑の中に点在しています。

ティギーおばさんとニューランズ・ヴァレイ

さて、私のウォーキングは、ダーウェント湖の西側、リングホーム邸をずっと南に下ったニューランズ・ヴァレイ（Newlands Valley）へと移ります。ここはキャット・ベルズ山の南西にあたり、ヴァレイ（谷間）という名前通りに、山々が左右に迫った険しい景色が広がっています。そこに立っていると、あまりにも雄大、荒涼としていて、なにか胸が押さえられるような圧迫感すら感じるほどです。

ニア・ソーリー村周辺の穏やかに緑の広がる景色に慣れた目には、この眺めはおそろしく寂しい感じに映ります。家もまばら、道ゆく人影もほとんどありません。ここで道に迷ったらどうなるのだろうと、心配になってしまうほどの静けさがたちこめているのです。けれども、夕陽に照らされたこの谷間の山々の美しさはなんとも言いようがないほどに、すばらしいもの。しばらくそこにたたずんでいたくなるような、美しい眺めが広がるのです。

この場所が、はりねずみが主人公となる『ティギーおばさんのおはなし』の舞台となったところです。この絵本は1905年に出版されましたが、実際にビアトリクスはこのストーリーをその4年前、1901年にすでに考えていたのでした。

「リングホーム邸で1901年の9月にお話を作り、11月にメルフォード・ホー

この緑の中の遊歩道を船着場から800メートルほど歩くとフライアーズ・クラッグに着く。ふくろう島が間近に見える

ルでいとこのステファニーに話し、１９０２年の11月に書き下ろしたが、絵はつけなかった」と、このお話の初期の原稿に付けた表紙には書き記しています。

けれども、絵をつけたほうがよいと考えたビアトリクスは、１９０３年にフォー・パーク邸に滞在しているニューランズ・ヴァレイやキャット・ベルズ山をスケッチしている間に、このお話の背景となるニューランズ・ヴァレイや邸の庭で、『ベンジャミン バニーのおはなし』のためのスケッチもしていたはずです。今でしたら、車を使えばフォー・パーク邸からでもこのニューランズ・ヴァレイはそれほど時間もかからずに行くことができますが、なにしろ１００年以上も前のことですから、ビアトリクスがどうやってこの荒涼とした土地でスケッチをしたのだろうと、実際にその地に立って見ると、信じられない思いです。

しかし、『１９０３年ダーウェント・ウォーター・スケッチブック』に収められているスケッチの数を見ても、数日はこのニューランズ・ヴァレイに来ていることは明らかです。９月15日の日付では、その日に描いたスケッチが５つもあり、その景色に魅了された様子がうかがえます。

いつもの長いスカートをはいて、山々の間を歩き、自分の気に入った景色に出会うとスケッチをする。フォー・パーク邸からポニーに乗って出かけたこともあるようですが、それでもこの険しい道を行くのは容易ではなかったにちがいありません。今でも、お茶を飲みたくなってもティールームやパブといった店はいっさい見当たらない辺境の地という感じですが、それはきっとビアトリクスの時代から変わって

今も変わらずビアトリクスの挿絵のままの荒涼とした眺めが広がるニューランズ・ヴァレイ

いないことでしょう。

この『ティギーおばさんのおはなし』は、このヴァレイにある小さな村、リトル・タウン（Little Town 実際に行ってみると、村の標識と数軒の家しかありませんでしたが）の教会の牧師の娘・ルーシー・カーのために作ったお話です。絵手紙から生まれたお話ではありませんが、ビアトリクスがスケッチをした実在の景色がそのまま絵本の中では背景となって使われ、その中に実名のルーシーちゃんとはりねずみが描かれている様子は、『ベンジャミン バニーのおはなし』や『りすのナトキンのおはなし』と同様です。

実は、はりねずみもビアトリクスが飼っていたペットのはりねずみ、ティギー・ウィンクルがモデルです。ビアトリクスは、このはりねずみを旅行にも連れて出かけていたようで、「このはりねずみは列車の旅行を楽しんでいる。旅行に出ると、いつもお腹を空かせている」と手紙の中で書いています。このはりねずみをスケッチして、スコットランドのダンケルドでのホリデーの際に雇った、白い頭巾にペチコートをはいていた洗濯女のキティー・マクドナルドをモデルにして、はりねずみの洗濯屋、ティギーおばさんは誕生したのでした。

このお話は、小さな女の子ルーシーちゃんがハンカチ3枚とエプロンをなくして、それらを探すためにキャット・ベルズ山へと探しに登って行きます。そして山の中の岩の間に入り口を見つけて入ってみると、そこははりねずみの洗濯屋、ティギーおばさんの家の台所で、おばさんはアイロンかけの真っ最中でした。ルーシーちゃ

んは、そのアイロンをかけようとしている洗濯物の中に自分がなくしたハンカチとエプロンを見つけるのです。アイロンをかけた洗濯物を配達するティギーおばさんと一緒に山を降り、ルーシーちゃんは家へと帰ります。おばさんを見送ろうとルーシーちゃんがふりかえると、そこにはおばさんの姿はなく、ただ一匹のはりねずみが山の方にかけていくのが見えただけ、という謎めいた結末でお話は終わります。

このはりねずみの家となっている岩の入り口というのは、実在の鉱山の坑道の入り口がモデルになっています。ビアトリクスの1885年の日記に「お酒を楽しむ場所としては最悪だ。特に第4土曜日は炭鉱夫の給料日で、鉱夫たちが皆ジンを飲みに出かけるのだから」とあり、活気あふれる炭鉱の様子が伺えます。

このニューランズ・ヴァレイ一帯は黒鉛が採掘されたところで、その黒鉛は鉛筆の芯の原料となることから、ケズィックの町に鉛筆工場ができたのでした。

ケズィックにある鉛筆工場の敷地内にある鉛筆博物館を訪れると、ここで作られた鉛筆には古い歴史があり、イタリアにも輸出されて、レオナルド・ダ・ヴィンチやミケランジェロも愛用していたことがわかります。はるか昔から、湖水地方のこの小さな工場で作られた鉛筆が大陸にまで知れ渡っていたのでした。きっとビアトリクスもここで作られた鉛筆をスケッチに愛用していたのではないでしょうか。

ニューランズ・ヴァレイに戻って、もう1か所、訪ねたい所があります。それは、ルーシーちゃんの家のモデルとなったスケルギル（Skelgill）という村にある農家です。白い壁のその家は、現在も挿絵そのままに、変わることなく建っています。

（右ページ）『ティギーおばさんのおはなし』でルーシーちゃんの家のモデルとなった農家。キャット・ベルズ山のふもとのスケルギルにある
（左）ニューランズ・ヴァレイのスケッチを生かして、リトル・タウンを右下に望む険しい道を歩くルーシーちゃんが描かれている

時間ほど、竹串を刺してみて何も生地がついてこなくなるまで焼く。上面が焦げるようなら途中でアルミフォイルをかぶせて焼くとよい。

粗熱を取ってから型から出し、クーラーにのせて冷ます。

5. 薄く切って、バター（分量外）を塗っていただく。

ダーウェント湖の南にある地名ボロデール Borrowdale がついたケーキ。イギリスでは、お茶の時間にパンのように薄く切ってバターを塗っていただくケーキをティーブレッドと呼びますが、その数あるティーブレッドの１種。

湖水地方の農家でのお茶の時間、ファームハウス・ティーには欠かせない伝統的なお菓子です。

ビアトリクスはヒーリス氏と結婚し、カースル・コテージに住んで間もない頃、友人に手紙でこう書いています。

「ここのような農家ではそれほどおもてなしはできないけれど、おいしいファームハウス・ティーはご馳走できます」と。そのファームハウス・ティーにはこのボロデール・ティーブレッドがきっと用意されたことでしょう。

味に奥行きが出るので、レーズン３種類を合わせて使います。濃く淹れた熱い紅茶にレーズンを浸して一晩置くのがポイントです。紅茶をたっぷりと吸ったレーズンが、しっとりとしたケーキの味わいをかもし出すのです。

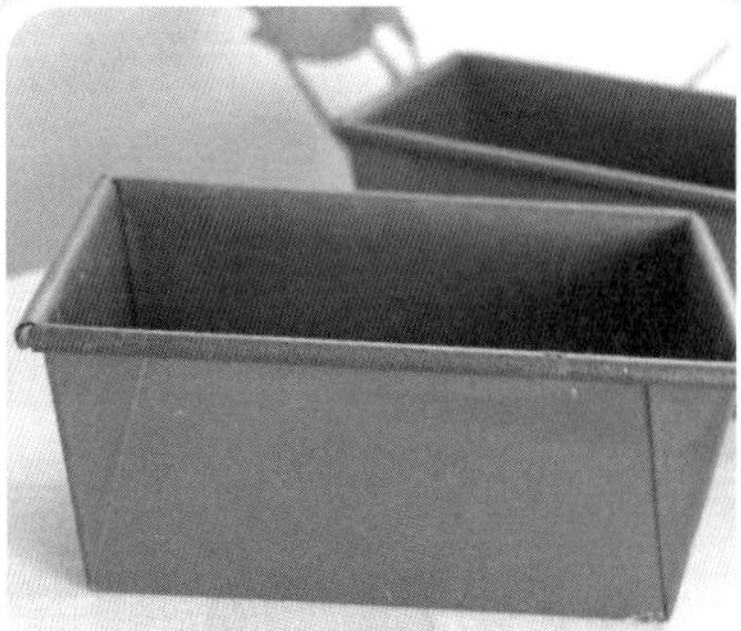

2パウンド型と呼ばれるこの型でティーブレッドは焼くことが多い。約1.5リットル入る型で、この型がない場合は手持ちのパウンド型2つに分けて焼くなどする

ボロデールにあるユーツリー・ファーム特製のボロデール・ティーブレッド

Recipe
〈6〉
ボロデール・ティーブレッド
Borrowdale Teabread

■材料　(13×20×9 センチの 2 パウンド型)
レーズン／カレント／ソルタナ：
　各 120g
オレンジピール、レモンピール：
　各 50g
紅茶：275cc
ブラウンシュガー：175g
卵：1 個
無塩バター：25g (溶かす)
薄力粉：275g
ベーキング・パウダー：小さじ 2
ミックス・スパイス（またはシナモン）：小さじ 1/2

■作り方
1. レーズン類はざるに入れ、上から熱湯をかけてコーティングしてあるオイルを取る。よく水気を切ってから大きめのボールに入れ、濃く淹れた紅茶を注ぎ、そのまま一晩浸す。
2. パウンド型にはベーキングシートを敷いておく。オーブンは 180 度に温めておく。
3. 紅茶に浸したレーズンの入った 1 のボールに、オレンジピール、レモンピール、ブラウンシュガーを加え、よく混ぜる。そこに卵を溶いたもの、溶かしたバターを加えてさらによく混ぜる。薄力粉にベーキング・パウダー、ミックス・スパイスを合わせてふるったものを加えて、ゴムべらでよく混ぜ合わせる。
4. 用意したパウンド型に流し入れ、あらかじめ温めておいたオーブンで約 1

7 ユーツリー・ファーム

Yew Tree Farm

ビアトリクスと牧畜

I consider Yew Tree is a typical north country farm house, very worth preserving ...

ユーツリーはイギリス北部の田舎を代表するファームハウスで、これを保存するのはとても価値のあることだと考えています。（1932年　ビアトリクスからナショナル・トラストの事務局長　サミュエル・ヘイマー氏への手紙）

ビアトリクスの農場経営

それではまた南へ戻り、コニストン湖（Coniston Water）近くにあるユーツリー・ファーム（Yew Tree Farm）を訪ねましょう。以前はニア・ソーリー村からコニストンまで路線バスが走っていたこともありましたが、残念ながら今は公共の足はありません。コニストン湖畔を通り、ユーツリー・ファームまでは車で30分ほどでしょうか。また、ビアトリクスが購入したマンク・コニストン領の一部、今はナショナル・トラストで守られている景勝地、ターン・ハウズ（Tarn Hows）を

ターン・ハウズからコニストン湖畔へと下る道から眺めるユーツリー・ファーム

通り、その高台からユーツリー・ファームの眺めを楽しみながら、コニストン湖へと抜け、ユーツリー・ファームへと向かう道もお勧めです。

ビアトリクスの結婚は、それを境に絵本作家から、ミセス・ヒーリスとして、しだいに自然保護、農場経営、牧羊業への転換を告げるものでした。結婚の1年後の1914年には、第一次大戦が勃発します。最愛の父親が亡くなり、それに伴い、気難しい母親の世話が始まりました。母ヘレンをロンドンから湖水地方に呼び寄せ、ニア・ソーリー村の西端にあるビーチ・マウント（Beech Mount）という家（今はB&Bになっている）を1年契約で借りて住まわせました。その後、家族で1911年、1913年の夏のホリデーを過ごした屋敷である、ウィンダミア湖畔に建つリンデス・ハウ邸（Lindeth Howe、現在はホテルになっている）を1919年に買い取り、ここで母ヘレンは93歳で亡くなるまで使用人たちと共に暮らしました。

結婚後、こうしためまぐるしく変わった生活環境に農場経営が加わり、ビアトリクスはそれまでのように絵本執筆のための時間を持つこともむずかしいような、とても忙しい日々を過ごしていたのです。

「冬の間にほんの少し絵を描いてみたけど、集中できなかった。しかも目が悪くなってよく見ることもできない」と、1915年にビアトリクスは書いています。

湖水地方の自然を開発から守るため、ビアトリクスのナショナル・トラストへの貢献はよく知られていますが、土地ばかりでなくそこに住む人々の生活までをも一緒に守ろうとした心遣いはあまり知られていないのではないでしょうか。

ビアトリクスの母ヘレンが晩年を過ごしたリンデス・ハウ邸。現在は「リンデス・ハウ・カントリーハウス」というホテルになっている。右下はホテルの「ヒルトップ・ライブラリー」と名付けられた部屋に飾られているビアトリクスとローンズリー牧師の写真

ナショナル・トラストの創設者であるローンズリー牧師との出会いにより、彼が湖水地方の自然と昔からの暮らしを開発から守るために土地取得を着々と行う姿に影響されたビアトリクスでしたが、特に第一次大戦後から湖水地方では、貧しさから農地を手放す人が増え始めたため、そうした土地も買い始めました。開発からその自然と暮らしを守り、残すためには、自分が買い取るしかないと決めたのでした。

ビアトリクスは、1905年、ニア・ソーリー村のファームハウス、ヒルトップを購入したのを始めとして、その後、同じ村の他の農場や家をも買い取り、村の半分が彼女の所有となりました。1923年には、ウィンダミア湖畔のトラウトベック・パーク農場を、さらに1930年には、コニストン湖北に広がるマンク・コニストン領をも獲得します。このマンク・コニストン領には、7つの農場があり、それぞれにファームハウスがありますが、ユーツリー・ファームはそのうちのひとつです。映画『ミス・ポター』（2006年公開）の中では、ヒルトップとして撮影に使われたことから、ユーツリー・ファームはポターの所有した15の農場の中でも特に有名になりました。この農場の名前の由来は、1896年に枯死した樹齢700年のイチイ（yew）の木があったことにあります。

そもそもこの農場は、2世紀6代に渡り、ウォーカー家が所有していましたが、1845年にマンチェスターの裕福な実業家、マーシャル家に売却され、マンク・コニストン領（コニストン湖北に広がる4000エーカーほどの土地）の一部となります。

（右）ウィンダミア湖の西に位置する美しい湖、コニストン湖。湖水地方で有名な山のひとつ、標高800メートルの山、オールド・マン・オブ・コニストンへのハイキングの拠点として知られている
（左ページ）ユーツリー・ファーム。右下の納屋の2階はスピニング・ギャラリー（糸紡ぎベランダ）となっているが、実際に糸紡ぎに使われたことはなかった。左はビアトリクスの頃の写真

マーシャル家からこのマンク・コニストン領を購入するに際して、ビアトリクスは分割せずに広大な土地をそのまま保存すべきと考えていましたが、大不況期でナショナル・トラストがそれに応じることができず、半分をビアトリクス名義、半分をトラスト名義にして、費用はビアトリクスが全額出資するということになったのでした。トラスト分は募金でビアトリクスにまもなく返済されましたが、その不動産管理をナショナル・トラストはかなり後々までビアトリクスに依頼しました。

１９００年代はじめの大不況期にあって、農家の収入は農場経営だけではやっていけないところにまできていました。

そこで、ビアトリクスは、道路が広がり、観光バスが乗り入れるようになったことで、かつてないほど増加が見られた観光客をとらえて、収入につなげるべきと考えました。ビアトリクスの考える「保存」の二本柱は、新しい建築物を作らせないよう守ることと、昔ながらの田舎の生活の伝統を伝えることでした。ユーツリー・ファームでは、ビアトリクスはその歴史的建物と昔からの牧羊を中心とした伝統的な生活を現代に合った方法で活用していくことで、建物と生活の両方とも保存しようと考えたのでした。ビアトリクスは、ユーツリー・ファームを地元の店で見つけたアンティークの家具で自ら調えました。

「本物のカンバーランド地方特有のドレッサー（食器棚）を見つけた。しかもとても状態がよい。（ユーツリー・ファームに）リンデス・ハウ（母親の家）から持ってきた水彩画をかけ、壁を埋め尽くした。」

そして、1933年の夏、当時、ビアトリクス自らが選んだ農場のテナント（貸借人）であったトーマス・ジャクソンの妻にティールームを開かせたのです。

「観光客を迎え入れるのが、農場が現金を稼ぐことのできる唯一の方法」というのがビアトリクスの考えでした。

ユーツリー・ファーム訪問

2003年夏、初めてそのユーツリー・ファームを訪ねました。ここはハイ・スコーデル岳麓の582エーカーもの広さを持つ高原牧場。のどかなせせらぎが敷地内を流れ、あまりのかぐわしく澄んだ空気に思わず深呼吸をしたくなるほどです。

約束の時間に間に合うようにと急いで訪ねた納屋の前に車を止めたときでした。牧羊犬が後ろを守り、納屋の中から出てきた羊たちをトラクターの中へと送り込む、まるでショーのような光景が突然、目の前で繰り広げられました。その牧羊犬との絶妙なチームワークによる、一瞬ともいえるショーのすばらしさに目を奪われました。

その羊を追っていたのが、現在このユーツリー・ファームのテナント（貸借人）であるジョンさん。パートナーのキャロラインさんと共にナショナル・トラストから15年契約でこの農場を借り受け、牧羊業をしています。

夕方で、ジョンさんは牧羊犬をつかって羊たちを納屋からトラックに入れ、コニストン湖へ放牧しにいくところでした。ここではハードウィック種の羊を最低10

ユーツリー・ファームはダーウェント湖畔南に広がる谷あいの地域、ボロデールにもあり、ここでもナショナル・トラストから借り受けた農場でハードウィック種の牧羊が行われている。このファームが経営するB&Bに2002年、チャールズ皇太子がお忍びで宿泊したことで一躍有名になった。皇太子は昔ながらのこの地方の牧羊業に惜しみない支援をしている

コニストンのユーツリー・ファーム。ここが『ミス・ポター』の映画ではヒルトップとして撮影に使われた。下はユーツリー・ファームで飼われていたハードウィック種の羊の赤ちゃん。生まれたときは黒羊で、成長につれて、黒から茶、シルバーグレーに変わっていく

0頭飼育しなければならないというビアトリクスが遺言によって定めた決まりがあり、テナントはその決まりを守らなければいけないことになっています。ユーツリー・ファームでは現在700頭ほどのハードウィック種の羊を飼っています。

ハードウィック種の羊は湖水地方特有の小型の羊で、厳しい天候の中、ごつごつした岩肌の多い高地で、ヒースやベリーといった潅木の葉や花を食べて育つ丈夫な品種。この品種の羊は成長が遅く、3歳になるまで仔羊を生みません。しかも1回のお産で1匹しか生まないので、肉の味わいはよいのに（ユーツリー・ファームでも販売しています）、食用として育てるにはきわめて効率が悪いのです。毛はとても硬く丈夫で、防水性に優れるので、カーペットに最適の素材となります。面白いことに、生まれたときには黒い羊毛が、成長するにつれ、茶色からグレーに変わります。

1920年代には、多くの農場で、ハードウィック種の羊より柔らかな毛を持つ、より生産性の高い羊を飼うようになっていました。

ビアトリクスは自分のものとなったトラウトベック・パーク農場で、有能なトム・ストーリーという羊飼いの助けを借りて、自分自身で実際に牧羊農場の経営を始め、減少しているハードウィック種の羊の保護と繁栄に情熱を燃やすのでした。

このトム・ストーリーは、ビアトリクスが自分の亡き後、ジマイマの森（ヒルトップ農場の丘）への散骨を彼に頼むほどに信頼関係を結んだ人物で、ビアトリクスの死後43年間、90歳で亡くなるまで、ビアトリクスの農場で羊飼いを務めました。

このユーツリー・ファームのようにナショナル・トラストが保存、管理している建築物には必ずこのプレートが建物につけられている

このハードウィック種の羊の保護と繁栄のための活動も、全英ハードウィック種牧羊協会を結成し、ハードウィック種の羊の保護に尽力していたローンズリー牧師の影響を受けたものでした。

1930年にはビアトリクスは、全英ハードウィック種牧羊協会の会長に女性として初めて選ばれ、彼女の改良したハードウィック種の羊は品評会でたくさんの賞を取るまでになります。特に1930年と1938年には地元の品評会すべてにおいて賞を取るという快挙も果たしています。

ユーツリー・ファームが所有する土地のほとんどは高地で、ヒースが茂るピート・ランドです。二酸化炭素を最も吸収する地形として、イギリスでは地球温暖化を防ぐためにも重要な地域になっています。その維持には、羊や牛が草を食むことが大変重要で、牧畜を捨て農家がその土地を離れるようなことになれば、この地形が壊滅することになり、さらなる温暖化が進むという危機にさらされることになります。

ビアトリクスが開発から守り、維持し、残した土地とそれを生かした牧畜は、現代においていっそう重要な意味を持つ資源であることがわかります。ビアトリクスが残した遺産を守ることは、自らの豊かな暮らしを守ることであると知るのです。

ユーツリー・ファームは2階にある2部屋をB&Bとして宿泊客を受け入れていました。朝食はビアトリクスの家具が置かれたダイニングルームで食べることができるという特権つきで、斜めに傾いた、ぎしぎしときしむ床、太い梁が低く張り巡

ユーツリー・ファームの歴史を語る納屋。2階にスピニング・ギャラリーのある珍しい建物で、このファームの名物となっている

らされた天井、手作りのパッチワークのベッドカバーなど、貴重な建築物の中はとても居心地がよく整えられています。現在は、ホリデー・コテージとしてこのビアトリクスゆかりの家に貸切で滞在することができるようになりました。

イギリスでは、歴史のある貴重な建物を、ランク付けして保存指定していますが、日本では元禄時代にあたる1685年に作られたこの家はグレードⅡとして登録され、許可がない限りは壊すことも改装もしてはいけないことになっています。この種の古い農家建築は湖水地方とヨークシャーデールにわずかに残る極めて重要な文化遺産だといいます。羊が出てきた納屋は、2階にスピニング・ギャラリーと呼ばれる「糸紡ぎベランダ」（農作物の乾燥用で実際には糸紡ぎには使われない）があります。地元の石、材木、スレート石で建てられたこの建物は、ユーツリー・ファームの名物にもなっています。

キャロラインさんのスコーン

キャロラインは牧羊の手伝いをしながら、ビアトリクスの用意した家具がそのままに残るダイニングルームを使ってティールームを開くことを実現しました。2003年のことでした。ビアトリクスの先見の明には驚きますが、牧羊を営みながら現金収入の必要性を唱えていたビアトリクスのアイデアは、100年以上経った今でも若いテナントによって守られ、その生活を助けています。

ビアトリクスがしつらえたドレッサー（食器棚）にはキャロラインさん得意の手

（上）ビアトリクスが自ら購入し、備え付けさせたオーク（樫）材のドレッサー（食器棚）（右上）かつてビアトリクスはユーツリー・ファームのテナントにティールームを開かせるためにこのドレッサーを備え付けた。その望み通り、キャロラインさんもティールームを開いていた（右下）かつてここでティールームを開いていた際の看板　（左上）キャロラインさん特製の大きなスコーン　（左下）ウォーキングの後には特においしい、濃厚なチョコレートケーキ

YEW TREE FARM
CAKE SPECIALS
* Carrot Cake
* Lemon Cake
* Ginger bread
* Devil's food cake
- a very chocolaty experience
£2·20 & £1·50

作りケーキが並び、特に焼きたてのスコーンは、ロンドンではお目にかかれないような、とびきり大きなサイズでした。

湖水地方はウォーキングのメッカ。こうしたティールームには、ウォーキング・ブーツ姿で立ち寄る人も多いので、おなかをすかせた人たち向きにお菓子も大きく作っていたのかもしれません。

ヨークシャー地方生まれのキャロラインさんの作るお菓子は、お母さんから受け継いだレシピと、キャロラインさん自ら身につけた湖水地方のお菓子が主流です。イギリスの家庭の味わいがこの昔ながらの農場の、素朴なティールームにはしっくりと馴染んでいたものです。

のどかな庭先のテーブルでいただく、自然の中でのお茶のひとときに、この幸せがこのファームが重ねてきた歴史の上にあることを感じるのです。

残念ながら、このティールームは２００９年に閉店しています。天候によって、ティールームを訪れる観光客数の差が激しく、採算を取るのがなかなかむずかしかったようです。

来日したキャロラインさんが東京でユーツリー・ファームについての講演とスコーンの実演をされたとき、通訳をさせていただいたご縁で親しくなり、私が湖水地方を訪ねた際には、キャロラインさんのキッチンで何度かお菓子を習いました。

大きなオーブンと作業台のあるキッチン、シンクに面した窓からはスピニング・ギャラリーが見渡せます。

キャロラインさんのスコーン作り。①鋳物製の秤で薄力粉を量り、②水を加えてボールの中で大きく混ぜ、③体重をかけながら生地を伸ばし、④型で抜いて天板に並べ、上面に牛乳を塗ってオーブンへ

キャロラインさんの愛用する秤《はかり》は今でも鋳物《いもの》製の天秤型で、片方に鋳物の錘《おもり》を乗せて量るというもの。電子スケールに慣れている私にはとても不便なように感じますが、キャロラインさんにとっては、この慣れた秤が一番使いやすいとのこと。その秤で手際よくバター、粉、砂糖を次から次へと量っていきます。

「今日は湖水地方名物のジンジャーとトリークルのスコーンを作りましょうね。薄力粉とバターを混ぜるには、粉とバターを高いところから、手のひらを合わせるようにしてすり混ぜるようにするのが、空気をたっぷりと入れるコツよ。」

粉とバターが混ざったところに、加えるのは牛乳ではなく水を使うのもファーム流。しかもキャロラインさんは、水の分量は、量らずに目分量で加えます。小麦粉の乾燥具合や室温によって、加えるべき水の分量は違ってくるので、ボールの中で大きく混ぜながら、手加減で、耳たぶくらいの柔らかさの生地になるように、水分を加減しながら加えるのが大切とのことでした。そういえば、以前イギリス南西部のデヴォンのファームでスコーンを習ったときも、やはり水を使っていました。その理由は、「スコーンは焼いてからクリームやジャムをつけて食べるので、スコーンそのものはシンプルでいい」とのことでした。クリームやジャムを必ずのせていただくスコーンには、素朴な風味が一番ということのようです。

ビアトリクスが備え付けたドレッサーのあるダイニングルームで、焼きたてのスコーンを味わう幸せ。窓の外には、ビアトリクスも眺めたであろう、その変わらぬ風景がのどかに広がっています。

キャロラインさん特製のスコーンのできあがり

フードプロセッサーで作ることも可）
3．ひとまとめにした生地を手のひらで平らにし、2センチ強の厚みにする。直径5センチの菊型に強力粉（分量外）をまぶしてから、勢いよく生地を抜き、天板に並べる。上面に牛乳（分量外）を薄く刷毛で塗る。
4．あらかじめ220度に温めたオーブンで表面がキツネ色になる程度に7、8分焼く。

温かいうちに横半分に切って、ラムバターをつけていただく。

このキャロラインに習ったスコーンに使うトリークルやジンジャーをはじめ、ラムバターに使うラム酒、シナモンも18世紀からこの湖水地方で広く使われていました。このイギリス北部の山あいの地方でどうしてこういうものが使われたのか、意外に思えますが、その理由は、西インド諸島などとの貿易がメリーポート、ワーキントン、ホワイトヘブンといったこの地方にある港を通して広がっていたからなのです。スパイスを入れておくための戸棚が炉の近くの壁をくりぬいて作られました。大切なスパイスを乾燥して保存するためです。この地方の古い建物の特徴です。

トリークルは砂糖の生成過程でできるもので、黒蜜のようにどろりとしています。ジンジャー・ブレッドのレシピにも欠かせませんが、アメリカではモラセスと呼ばれ、日本でもこのモラセスが製菓材料として一般に売られています。

ラムバターは、この地方ではかつて産後の母親に栄養付けに与えられていました。今ではスコーンやトースト、パンケーキなどにつけて楽しまれています。

ラムバターは市販品もある

生姜の砂糖漬け、クリスタル・ジンジャー

Recipe
〈7〉

トリークル＆ジンジャー・スコーン

Treacle & Ginger Scones

■材料　（直径５センチの菊型約９個分）
薄力粉：225g
ベーキング・パウダー：小さじ２
塩：ひとつまみ
無塩バター：50g
ブラウンシュガー：大さじ１
ジンジャー・パウダー：小さじ１
トリークル（モラセス）：大１
牛乳：100cc
クリスタル・ジンジャー（あれば）（刻んだもの）：小さじ１程度
※ラムバター
　無塩バター：50g
　ブラウンシュガー：50～70g
　ナツメグ：少々
　ラム酒：大さじ１～２
　　室温に戻して柔らかくしたバターに残りの材料すべてを混ぜ合わせて、冷蔵庫で保存する

■作り方
1．薄力粉、ベーキング・パウダー、ジンジャー・パウダー、塩を合わせてボールにふるい入れる。冷蔵庫から出して、まだ硬いままのバターを小さく切って加え、ナイフで粉をまぶしながらさらに細かく刻み、両手ですり合わせるようにしてさらさらのパン粉状にする。ブラウンシュガー、刻んだクリスタル・ジンジャーがあればここで加える。
2．牛乳にトリークル（モラセス）を加えてよく混ぜ合わせたものを１に加えて、ひとまとめにする。（ここまでを

8

Dorset, Wales, Gloucester

ドーセット、ウェールズ、グロースター

旅するビアトリクス

Yesterday, we went across the water to a pretty little village where the fisherman live. I saw them catching crabs in a basket cage which they let down into the sea with some meat in it & then the crabs go in to eat the meat & cannot get out.

昨日は、私たちは海を渡り、漁師の住む　小さな、愛らしい島に行きました。かにを捕るところを見ました。バスケットのようなかごの中に肉片を入れて海に沈めると、かにがそのえさを食べようと入ってきて、出られなくなってしまうのです。

（1892年春、ホリデー先のコーンウォール地方の港町ファルマスからノエル・ムーア（当時4歳）にあてた手紙）

海辺の町ドーセット

ビクトリア時代には鉄道は身近な存在となり、イギリス国土の隅々まで広がっていきました。ビアトリクスがホリデーをはじめ、ウェールズやグロースターの親戚

をたびたび訪ねられるようになったのも、この鉄道の発達を抜きにしては考えられないことでしょう。

ポター一家は、夏のホリデーは3か月もの長い期間、スコットランドや湖水地方で過ごしていましたが、春にも大掃除の間の2週間から1か月ほどの間、ロンドンの家を離れ、暖かいイギリス南部で過ごしていたのでした。

なんともうらやましい生活ぶりがここでも伺えます。

日本では年末にかけて行う大掃除ですが、イギリスでは冬が終わり、これから春になるというときに新しい季節を迎える1年の始まりの意味で、大掃除を行います。ビアトリクスの絵本『のねずみチュウチュウおくさんのおはなし』（1910）ではきれい好きな野ねずみの奥さんが行う春の大掃除がテーマになっています。

ケネス・グレアム著の『楽しい川べ』にも春の大掃除の途中、心地よい風に誘われてピクニックに出かけるもぐらとねずみの様子が描かれていますので、ご存知の方も多いことでしょう。

1930年、ビアトリクスが64歳のときに出版された『こぶたのロビンソンのおはなし』は、ビアトリクスの23冊の絵本の終わりを飾るものですが、実際はもっとも早い時期に考えられていたものでした。

構想は1883年、ビアトリクス17歳のとき、南デヴォン地方のイルフラクーム（Illfracombe）に滞在している間に生まれたといわれています。お話の舞台はスティマス（Stymouth）で、これは実際にビアトリクスが春の休暇を過ごしたシド

ポター一家が春の休暇を過ごしたドーセットの町、ライム・リージス。海辺の町で中央にかすんで見えるのは海

マス（Sidmouth）、テインマス（Teignmouth）、そしてドーセット（Dorset）のライム・リージス（Lyme Regis）等の町の名をミックスして作り上げた架空の地名です。

ビアトリクスの最初の絵手紙はピーターラビットの絵手紙の1年前、ファルマス（Falmouth）からノエル少年に送られたものでした。ホリデーを過ごしたこのイギリス南西部、コーンウォール地方の海岸町の風景を船や港と共に描いたもので、ビアトリクスはそれから何年も経って絵本の背景として活かしたのでした。

「私は子どものとき、休暇を過ごすために海辺にでかけていました」と、この絵本は、ビアトリクス自身を語る1行から始まります。スーザンという牝ねこの夢の中の物語となっており、実際のこぶたのロビンソンのお話は2章から始まります。こぶたのロビンソンが、デボンシャーの農場から船に乗せられ、あやうく船長さんのご馳走のローストポークになるところを、波乱万丈の旅の末、ボング樹の生えている島にたどりつき、一命を取り留めるというお話ですが、ドーセットならではの「コバルトブルーの海」、「大きな真っ白いかもめ」が物語を彩ります。

ドーセットは鉄道の主要幹線、道路から外れているおかげで、いまもなお片田舎の雰囲気が残っているところ。ロンドン・オリンピックでセーリング競技の舞台となったコバルトブルーの海がきらきらと輝くその海辺から、ゆったりと広がるなだらかな起伏の緑の丘には、中世からの古い村がひっそりと点在する、風光明媚な地方です。この地に生まれ育った作家トーマス・ハーディーが、愛した生まれ故郷を

『こぶたのロビンソンのおはなし』では、家族で過ごしたイギリス南西部の海岸町が舞台となっている

（右）ライの町。ビアトリクスの描いた水彩画が飾られている「ラム・ハウス」はナショナル・トラストに保存、管理されている（左）ライの町の歴史を物語るマーメイド・イン

ウェセックスと名づけ、代表作『ダーバヴィル家のテス』をはじめ、すべての作品の舞台としたため、ハーディー・カントリーと呼ばれます。

そのドーセットの海岸から東の方へとたどっていくと、イギリス南東部にライ（Rye）という港町があります。ライからほど近いヘイスティングズ（Hastings）という海岸の町にビアトリクスは4度訪れていて、そのたびにこのライにも足を伸ばしていたそうです。

中世の昔には現在ライの町となっている丘の下まで海が迫り、大陸貿易の港として栄えていましたが、16世紀末頃から海岸線が退き始め、貿易港としての役目を失なった結果、この町は中世の姿そのままに残されることになったのでした。

石畳の坂道やチューダー朝様式のハーフ・ティンバー（白い漆喰の壁に黒い木枠が半分見える形で建てられた建築）の家並みがまるでアンティークのようにしっとりと美しい町です。

ビアトリクスはこのライを舞台に『はとのチルダーのおはなし』（*The Tale of Faithful Dove*、未邦訳）を書いています。このお話は、ビアトリクスが1907年、ビアトリクスの絵本の出版社、フレデリック・ウォーン社の創業者一族であるウォーン家の子どもたちのためにヘイスティングスで書いたものでした。2つあった手書きの作品の1つが、ビアトリクスの編集者で婚約者であったノーマン・ウォーン氏の兄、ハロルド・ウォーン氏（ハロルドはノーマン亡き後、ビアトリクスの絵本の編集者となりました）に1908年に送られたとのこと。ただし、出版されたの

はビアトリクスの死後1955年のことでした。アメリカでもその翌年1956年に出版されていますが、どちらもビアトリクス本人のイラストではなく、無名のアーティストのイラストがつけられています。1970年には、マリー・エンジェルという画家の美しいイラストとともにフレデリック・ウォーン社がこの作品を出版しています。

ハヤブサに襲われ、煙突の中に逃げ込み、助かったものの、煙突から出られなくなってしまった牝鳩のもとに夫の鳩はせっせとえさを運び、最後には少年トムによって救い出されるという話で、ライの町のあちらこちらが実名で出てきます。

このライの町にある「ラム・ハウス」(Lamb House)には、ビアトリクスが描いた水彩画が飾られているというので、私も訪ねたことがありました。ライの市長を代々務めたラム家により1722年に建てられた家で、現在はナショナル・トラストによって保存され、週2日開館されています。

その絵は、絵が飾られている部屋の窓から見える路地と、ライの町でシンボルのように丘の上に建つセント・メアリー教会をスケッチしたものでした。確かにここにビアトリクスが立っていた、という証そのものです。

1420年創業のライの町でも有名なレストラン兼ホテル「マーメイド・イン」は、この町を訪ねたら是非立ち寄りたい所。17、18世紀の頃は、密輸業者や街道強盗たちのたまり場であったというかつての宿屋ですが、今ではその傾いた床の具合、頭をぶつけそうなくらいに低く太い梁にその長い歴史を感じます。

ライの町。奥に見えるのがビアトリクスが描いたセント・メアリー教会

そのマーメイド・インでは、ライの町の歴史に思いを馳せながら、その時間の流れの中に身を置いて、イギリスの伝統的なローストビーフや、フィッシュ・アンド・チップスなどの料理を味わいたいものです。

ビアトリクスも今の私たちのように、きっとここでおいしい食事を楽しんだにちがいありません。

婚約者を失った悲しみを癒したグウェニノグの庭

私がロンドンから北ウェールズへと旅行に出かけたのは、ある夏のことでした。結婚してウィンブルドンに住み始めてまだ間もない頃、ロンドンから夏休みを利用して出かけたのです。

それまでウェールズには南ウェールズしか訪ねたことがなく、北ウェールズには一度も行ったことがなかったので、スノードニア国立公園を中心に旅行の計画を立てることにしたのです。

北ウェールズは、鉄鉱や炭坑が多いことから鉄工業や銅精錬工業で発達した南ウェールズとは異なり、19世紀の産業革命のときも工業化から取り残されたおかげで、豊かな自然環境が残されている、貴重な場所です。イングランドとウェールズにおいては最も高い山、標高1085メートルのスノードン山（Snowdon）がそびえ、そこからの見晴らしがすばらしいことでも有名です。その頂上までは小さな蒸気機関車が、まるでおもちゃの機関車が緑の山肌を登っていくように、愛らしい姿で走

北ウェールズ、スノードン山。中腹に見えるのは煙を上げて走る蒸気機関車

っています。本当に現代なのか、と錯覚を覚えるほどに、のどかな風景が広がっているのです。

ただ頂上からのすばらしい眺めを見られる人はラッキーな人だと言われるほど、霧に包まれることでも有名。しかし、私が登頂した日は、日ごろの行いが良いのか、頂上でも雲ひとつない快晴。「あなたは本当にラッキーよ」と一緒に機関車に乗り合わせたイギリス人に言われるほど、頂上では、なかなか見ることができないような、ふーっと深呼吸をしたくなるような広大な景色が待っていてくれたのです。

この山は神秘な霊の棲むところと信じられて、ロマンティックな物語の舞台にもなっています。19世紀末の文学者セオドア・ウォッツ・ダントンが『エイルウィン』と題する小説を書き、ジプシーを中心とする神秘的なロマンスの世界を描いていますが、その小説の中でもこの山は大切な位置を占めているのです。

この北ウェールズの旅行の計画を立て始めてすぐに思い着いたことがありました。ビアトリクスはウェールズに住む叔父さんの家にたびたび滞在していたことがあったことは知っていました。そこでいつもの興味心から、このウェールズの旅でその家がどこにあるのか、どんな家なのかを、訪ねて確かめてみたくなったのです。

しかも、『フロプシーのこどもたち』の背景として、その叔父さんの家の庭などが使われていることを知ると、その原画に実際の風景がどのように取り入れられているかも自分の目で見てみたくなっていたのです。ニア・ソーリー村やホークスヘッド村の景色、ダーウェント湖周辺でのスケッチなど、ビアトリクスの作品に生か

グウェニノグ邸の前で出迎えてくれたビアトリクスの伯父の末裔、スミス夫妻

された舞台を見てからは、さらにビアトリクスが滞在した所が他にあるなら追求して、訪ねてみたい気持ちが私の中に育っていたのです。

本によるとウェールズ北部の町デンビー（Denbigh）の近くとありますが、これだけではその家を探し当てることはとうていできないので、その家の住所を調べる必要がありました。

まず思い着いたのは、ポター・ソサエティーの会合でもお会いしたことがある、アイリーン・ウォーリーさんでした。彼女は、ポター・ソサエティーの創立当初からのメンバーで、長くビクトリア&アルバート博物館でビアトリクスの資料を研究してこられた、著書もある研究者の一人です。

返信切手を入れた手紙を出したところ、すぐに返事が帰ってきました。そして、そこには現在の所有者の名前と住所が記されてあったのです。

ビアトリクスの叔父は、その名前をフレッド・バートン氏といい、その屋敷はウェールズのデンビーの北、グウェニノグ邸（Gwaynynog）と呼ばれていました。今も、その家はバートン家の子孫の個人住宅として受け継がれています。

私はさっそくその住所に見学を希望する旨を手紙に記し、書き送りました。メールが発達しようが、電話が発達しようが、イギリスではやはり、手紙によるのが礼儀です。手紙ばかりか、カードを送り合う習慣というのも廃れる様子はありません。相手の気持ちを察して、誕生日や行事に合わせて送ったり、これを受け取ったらきっと喜ぶにちがいない、と相手の顔を想像する――そんな思いやりの心がそのカー

（右）ビアトリクスがグウェニノグの屋敷を背景に描いたクリスマス・カード　（左）ビアトリクスが理想の庭としていたグウェニノグ邸の庭園。ヒルトップの庭のデザインにも影響を与えた

ドの文化には受け継がれているような気がしています。
「こんな突然の見ず知らずの東洋人の訪問を受けてくれるのだろうか。」
いつもそうなのですが、手紙を送った瞬間から、その心もとなさが続きます。
そして、「お待ちしている」という返事をもらったときの嬉しさもいっそう大きなものになるのです。

『ピーターラビットのてがみの本2』（福音館書店・現在絶版）の表紙になった絵には、このグウェニノグ邸の屋敷が描かれていますが、その絵そのままの建物の前でスミス夫妻が温かく出迎えてくれました。実は、その表紙の元となった絵は、伯父のフレッド・バートン氏に送ったビアトリクスが描いたクリスマス・カードでした。

ビアトリクスの『ピーターラビットのおはなし』、『ベンジャミン バニーのおはなし』、『フロプシーのこどもたち』、『きつねどんのおはなし』の4冊は、「うさぎ絵本」と呼ばれますが、その中の『フロプシーのこどもたち』は、この家の庭が背景として描かれています。ビアトリクスが一番好きな庭と言っている庭であり、この庭こそ、ビアトリクスが理想とする庭で、ヒルトップ、そしてカースル・コテージでビアトリクスが手がけた庭のモデルとなりました。

1895年の日記に「その庭はとても大きく、3分の2はアンズの木を這わせた赤いレンガの塀で囲まれている。中央には、垣根仕立てにしたリンゴの木がある。生産的だが、きちんとしているわけではなく、もっとも愛らしい庭になっている。

ビアトリクスが描いたグウェニノグ邸の食器棚。古い家具への興味を物語る

明るい色合いの昔風の花々がスグリの木の間に咲き乱れている」と書いています。

ウォーン社の編集者であり、婚約者であったノーマン・ウォーン氏が急性白血病で亡くなったとき、ポター一家はこの伯父の家がある北ウェールズの村、ランベドゥル（Llanbedr）の別荘に滞在していました。１９０５年8月25日のことでした。そのたった1か月前にノーマンから正式に手紙で結婚を申し込まれ、婚約したばかりという幸せの最中に起こった悲劇でした。『ピーターラビットのおはなし』の出版から5冊の本をともに世に送り出し、その後に続く2冊もすでに手がけていた2人の間にはゆるぎない信頼関係が生まれ、そこから愛情が育っていたのです。39歳のビアトリクスにとっては厳格な両親から独立し、愛する人とともに自分の人生が現実になる喜びで溢れていた矢先のできごとでした。

ウェールズのホリデーに出発する前にビアトリクスがウォーン社にノーマンを訪ねたとき、すでに彼は病気で会社を休んでいました。ビアトリクスより2歳年下、37歳で元気だった彼が、そのまま逝ってしまうとは、そのとき誰が想像できたでしょうか。

ノーマンはビアトリクスのよき理解者として、ビアトリクスのそれまでの絵本の出版を支え、公私にわたりかけがえのない存在となっていたというのに、彼との絵本作りも、年末に出す予定でちょうど校正に入ったところの『ティギーおばさんのおはなし』と『パイがふたつあったおはなし』が最後になってしまいます。

そのときのビアトリクスの悲しみはいかばかりか、想像することも耐え難いことですが、その悲しみをこらえ、ビアトリクスは一人、ベッドフォード・スクエアにあるノーマンの自宅を訪ねます。ノーマンの姉で、親しく交流し、生涯の友となるミリーと悲しみを分かち合いました。

「商人」との結婚としてノーマンとの結婚に反対したビアトリクスの両親が２人の婚約の条件としたことは、近しい家族以外には公にしてはならないということでした。ビアトリクスは深い悲しみを、両親と分かち合うこともできず、ノーマンの家族だけを支えとして耐えなければならない現実があったのです。

ノーマンの葬式の後も、そしてそのノーマンのお墓参りをした後も傷心のビアトリクスは、自分の家にも寄らずに、そのまま北ウェールズのグウェニノグ邸の伯父の家に立ち寄っていますが、その理由が両親との確執にあったことは想像ができます。大好きな家と庭があるその伯父の家で、妻を亡くして喪に服していた伯父、フレッド・バートン氏と共に過ごしたかったのでしょう。そしてそのウェールズから、これから正式に購入することになるヒルトップへと向かったのでした。

ロンドンを離れ、湖水地方での忙しい毎日が、幸いなことに、ビアトリクスの悲しみに沈んだ心を紛らせたにちがいありません。11月に晴れてヒルトップを手に入れたビアトリクスは、ノーマンの姉ミリーへの手紙で、「来年は新たな始まりに挑戦しなければいけない」と前向きに自分の人生への決意を強くしています。その後8年間に生み出す13冊もの絵本は、ビアトリクスが自分の人生を生きる決意のうえに生まれたものだったのです。

レンガの塀で囲われたグウェニノグの菜園、キッチンガーデン

いなくなった子うさぎをフロプシーが探す挿絵の背景にはグウェニノグ邸の庭園のこの場所が描かれている

ビアトリクスがグウェニノグの庭を描いた水彩画。左の『フロプシーのこどもたち』の背景にそのまま生かされていることがわかる

ただし、ノーマンに寄せる気持ちは、ウィリアム・ヒーリス氏と結婚した後も、ノーマンから贈られた婚約指輪を生涯外すことがなかったことから察せられます。ヒーリス氏との結婚の5年後に、ビアトリクスがノーマンの姉ミリーに送った手紙では、ビアトリクスが麦の収穫の作業中にその婚約指輪を指から落としてしまい、探しに探してようやく見つかったこと、そしてその指輪がないとおかしな感じがすると書いています。

悲しみの知らせを受け取ってから4年後の1909年、『フロプシーのこどもたち』は出版されました。ピーターのいとこのベンジャミンが成長して、ピーターの妹フロプシーと結婚し、その2人の間に生まれた子どもたちが主人公のお話です。子うさぎたちがマグレガーさんの畑でうとうとした間にマグレガーさんに袋に入れられて連れて行かれてしまいます。子うさぎたちが食べた畑のレタスに催眠効果があったのです。その子うさぎたちを母親のフロプシーが探しまわる、レンガの塀が続くきれいに刈り込まれた緑の芝生などの庭の様子が、グウェニノグ邸の庭を私が訪ねたときにもそのままに残っていました。野菜畑や温室など、ビアトリクスが理想とし、愛した庭の数多くのスケッチがこの絵本には詰まっていることを目の当りにしたのでした。

『グロースターの仕たて屋』の舞台

かつてロンドンのビクトリア&アルバート博物館で、ある展覧会が開かれました。

『グロースターの仕たて屋』のお話のために、ビアトリクスがこの博物館でスケッチした実際の衣装を展示したものでした。

まずその展示を見て驚いたのは、お話の中に出てくる市長さんの婚礼のために仕立て屋が作った、ポピーと矢車草の刺繍を施した豪華なベスト、花嫁さんのドレス、ねずみが着ている衣装など、作品の中で描かれている衣装はほぼ、ビクトリア&アルバート博物館に展示されていた実物があったということ。これらの衣装を前にしてビアトリクスの描いた絵と比べてみると、その精巧さは目を見張るほどでした。まるで写真のように質感も色合いも実物にそっくりであり、正確に写し取られている様子がわかります。ただし「バラとスミレの刺繍のある」チェリーカラーの上着は実物がないということです。

この『グロースターの仕たて屋』の絵本の元となる話を、ビアトリクスはいとこの家に滞在しているときに耳にします。グロースターシャーに住む従姉のキャロラインの家、ヘアズクーム・グランジ（Harescombe Grange）を訪ねたときに、そこにお茶によばれてやってきた婦人から聞いた話です（1897年の5月、ビアトリクス31歳のときのことだろうという説があります）。

実際にビアトリクスが聞いたその話は、グロースター（Gloucester）のウェスト・ゲート23番地に店を構えるジョン・サミュエル・ピルチャード（1877～1934）という仕立て屋の話でした。新しい市長から重要な式典で着るためのチョッキの注文を受けたピルチャードさんは、そのチョッキの生地を裁断したまま店に置

ピルチャードさんの2番目の店があったウェストゲート45番地（かつては23番地）。今ではレストランになっている

いて帰ってしまいます。月曜日の朝、店に行ってみると「穴糸が足りぬ」（No more twist）と書かれたメモが残されて、そのチョッキは1つの穴かがりを除いて仕上がっていたのでした。それをこのピルチャードさんは、妖精が夜の間に仕立ててくれたことにして、ウィンドウにこのチョッキを飾り、「ピルチャードの店にお寄りなさい、夜の間に妖精が仕立てます」と看板を出したのでした。それが評判をよび、このピルチャードさんは大成功を収めたというのです。真実は、酔っ払って家に帰らず店に寝泊りした職人が、日曜日の間に仕上げたということなのですが…。

その話を聞いて、ビアトリクスはひらめくのです。そして、その聞いた話を元に、クリスマスに行われるグロースターの市長の婚礼のための衣装を請け負った仕立て屋の話を作ります。病気になった仕立て屋の代わりに衣装を縫い上げたのは、妖精ではなく、仕立て屋が猫から救ってやったねずみたちにして、クリスマス・イブの夜、ねずみが恩返しにその衣装を縫い上げた、というお話に作り上げたのでした。

ビアトリクスは自分で作った私家版の『グロースターの仕たて屋』の絵本が出来上がると、お礼としてその本をピルチャードさんに届けたそうです。ただし、ビアトリクスが店に入って行ったのではなく、自分が乗っていった、ハットン家の馬車の御者に届けさせたそうですが、以来その1冊はどこに行ったかわからないということです。

この『グロースターの仕たて屋』は、もともと『ピーターラビットのおはなし』同様、ビアトリクスの元家庭教師であったアニー・ムーアの4番目の娘、ウィニフ

グロースター大聖堂。左は『ハリー・ポッターと賢者の石』『ハリー・ポッターと秘密の部屋』の映画の撮影に使われた回廊

ビクトリア＆アルバート博物館の18世紀の実物を元にビアトリクスが描いたベスト（右）と、それを真似てグロースターの町の婦人会が作ったベスト

グロースター大聖堂に続く小道、カレッジコート９番地にあるビアトリクスが仕立て屋のモデルとして使った家は、今は「グロースターの仕立て屋の家」として記念館とショップになっている

レッド（愛称フリーダ）に、1901年のクリスマス・プレゼントとして贈られました。その後、その絵本をしばらく借りて、元の12枚の絵のうち10枚を描き変え、さらに新たに6枚を追加して、1902年12月に自費出版します。その1年後、1903年、フレデリック・ウォーン社がビアトリクスにとって3冊目となる商業版の絵本を出すことを望み、私家版からビアトリクスが愛唱していたナーサリー・ライムが多数削られたものの、新しい絵が18枚描かれました。

1903年3月27日に、編集者であるノーマン・ウォーン氏に送った手紙には、「サウス・ケンジントン博物館（現ビクトリア&アルバート博物館）で、私が描けそうな、とても美しい18世紀の衣装を見つけて喜んでいます。ゴールドスミス・コート（金細工の展示コーナー）の、不便で、うす暗い片隅で、その衣装をずいぶん長いこと見ていました。ケースの中から出してくれるなどとは全く思いつかなかったのですが、博物館の事務員がどんなものもテーブルに出してくれると言ってくれたので、これほど助かることはありません」と書いています。

「ひとびとがまだ、剣やかつらやえりに花かざりのある、長い上着を身につけていたころ」（石井桃子氏訳）とあるようにこのお話の舞台の時代を18世紀頃と明らかにすることによって、描く衣装もその時代のものを忠実にスケッチしようとしていたことがわかります。これは他のビアトリクスの絵本では見られないことです。

絵本の舞台はグロースターの町の「カレッジコート9番地」。ビルやスーパーマーケットなどが立ち並ぶ賑やかなグロースターの町で、この小道に入ると町の喧騒

「グロースターの仕たて屋の家」。ショップの奥には仕立て屋の家が再現されている

は遠のき、中世のひっそりとした雰囲気が甦ります。

この町をしばしば訪れ、スケッチを楽しんでいたビアトリクスが、グロースター大聖堂へと続く小道、聖ミカエル・ゲートの手前にたたずむこの家を、仕立て屋の家にふさわしいとして、選んだといわれています。グロースターに実在するこの家が、絵本の中では、仕立て屋の仕事場として描かれているのですが、実際に仕立て屋が住んでいたという事実はありません。

『グロースターの仕たて屋』の出版から75年経った1979年に、この家は売りに出され、幸運にもフレデリック・ウォーン社によって購入されました。全面的に改装されて「グロースターの仕たて屋の家」（The House of The Tailor of Gloucester）として、1階はショップ、2階は展示が並ぶ記念館になったのです。展示の中には、町の婦人会が製作した仕立て屋のベスト、ビアトリクスが自ら商品化したピーターラビットのゲームやパズルなども飾られています。

フリーダに贈られた、世界でたった1冊の手描きの『グロースターの仕たて屋』は、結婚したフリーダが手放したときにサザビーズのオークションにかけられ、この作品の大ファンであったアメリカに住むウィリアム・マッキンタイア・エルキンズ氏が競り勝ち、手に入れます。妻へのプレゼントに贈られたとのことですが、妻の死後、ペンシルベニア州・フィラデルフィア市にある「フリー・ライブラリー」に寄付されたため、イギリスから海を渡って行ったその本は、今もその図書館に保存されているそうです。

2階の記念館には、ビアトリクスが商品化したすごろくやゲームなどが展示されている

英語版の絵本の冒頭には、「あなたはおとぎばなし（fairy-tales）が好きでしょう…」で始まるフリーダへのビアトリクスからの手紙と、シェイクスピアの『リチャード三世』第一幕第二場からの引用（おれも鏡を一つおごるとしよう、洋服屋を2、3人雇い入れることにしよう：大山俊一氏訳）が載っていますが、日本語版では残念ながら省略されています。日記によると、ビアトリクスは『リチャード三世』をはじめ、他のシェイクスピアの作品もほとんど暗誦していたらしく、ビアトリクスの文体のモデルは、このシェイクスピアの作品と聖書の「欽定訳」に基づいているといわれています。

ビアトリクスの文体が硬いのはそのためで、もはやイギリスでも現代の子どもたちにとっては古めかしい英語になってしまったため「ビアトリクス・ポターの絵本離れ」が起こっているとのこと。ポター・ソサエティーでは、会員たちが自分の住む地域の小学校などで読み聞かせ運動をするなど、地道な活動を行っています。

『グロースターの仕たて屋』の、手描き本にも自費出版の本にもなかったフレデリック・ウォーン社から出す本のために新たに描かれた18枚の絵は、現在ロンドンのテイト美術館（Tate Britain）に所蔵されています。吉田新一先生が「ビアトリクスの原画の中で一番美しい」とおっしゃるところのその絵は、テイト美術館の「写本部」（Prints and Drawings Room）に事前に予約を取れば見ることができるようです。私もまだ見たことがないので、ぜひ足を運んで見てみたいと願っているところです。

ビアトリクスの従姉が嫁いだサフォーク州のメルフォード・ホール。ナショナル・トラストによって管理、保存され、ビアトリクスが滞在したときに使われていた部屋などを見学することができる

ヘアズクーム・グランジ訪問

さて、この絵本の生まれるきっかけとなった話を聞いた従姉の家、ヘアズクーム・グランジはどこにあるのだろう、と、私はいつの頃からかなんとなく思っていました。ハイド・パーカー男爵夫人となった従姉エセルの家はサフォークのロング・メルフォードにある「メルフォード・ホール」（Melford Hall）といい、ナショナル・トラストによって管理される立派な屋敷です。もちろん一般が見学できるようになっていますが、このお屋敷の中には「ビアトリクスが使った部屋」としてビアトリクスが滞在した部屋が保存され、当時をしのぶことができるのです（このメルフォード・ホール滞在中にビアトリクスは、ノーマン・ウォーン氏への手紙に「『グロースターの仕たて屋』の台所にぴったりの古い暖炉を見つけた」と喜んで書き送っています）。そのことから考えても、きっとグロースターシャーの従姉の家も今も存在するにちがいないと漠然と思っていたのです。

私が20代でハーブの勉強のためにホームステイしたのは、グロースターシャーにある、ストラウドという町の小高い丘の上に建つ家でした。コッツウォールズ・ストーンの蜂蜜色の家々が、その丘の上から見るとドールハウスのように愛らしく、本当にこんなに美しいところがあるのだろうか、と自分の目を疑ったあの驚きは、今も昨日のことのように思い出します。建物の色も湖水地方とは異なる柔らかな色合いが、この穏やかな緑に包まれた地形や風景と合わさり、美しい景色を奏でてい

『グロースターの仕たて屋』の着想を得た従姉の家、ヘアズクーム・グランジ。ビアトリクスは自宅よりもこの家の方がくつろげるとして、滞在を楽しんだ

るようでした。イギリスで暮らした初めて経験がこの地方にあるだけに『グロースターの仕たて屋』のお話は身近に感じるのかもしれません。

ここでも、ポター・ソサエティーの会報の中の記事が助けになりました。その記事とは、『グロースターの仕たて屋』出版100周年を祝い、お話の舞台を会員たちが訪ねたというもので、その折にヘアズクーム・グランジでお茶を楽しんだという一文から、その家が現存することが明らかになったのです。

そして2003年の夏、グロースター観光局の知人が労を執ってくれて、その家への訪問の約束をとりつけてくれました。

さて約束の日の午後、教えてもらった案内を頼りに車で出かけました。大きなお屋敷にはよくあることですが、住所といえばこの家の名前のみで番地というものがないのですから、住所はないも同然です。予想通り、曲がるところを間違えて、まったく違う村に行ってしまいました。人気のないその村で、唯一家族の声がする家を見つけて、ヘアズクーム・グランジに行くための道を聞くことができました。

「ああ、その屋敷なら知っているよ。また迷うといけないから地図を書いてあげよう。泊まりに行くのかね」という年配のご主人のことばにほっとしました。

そうなのです、ヘアズクーム・グランジがB&Bをやっていることも知って、観光局の知人に予約を頼んだのですが、あいにく次の朝から親戚の結婚式のために地方に出かけるので泊めることはできないという断りの返事をもらっていたのです。

書いてもらった地図を持って、来た道をまた引き返すと、大通りに面して「ヘア

ビアトリクスの従妹キャロラインが大叔母にあたるキャロラインさんとその弟さん

ズクーム・グランジ」と書かれた表札が目に入りました。門のところには門番の家らしき石造りの小屋があります。こうした小屋があることから見ても由緒ある家の風格が察せられます。

想像どおり、立派なお屋敷が現れました。車が止まる音を聞いて家から迎えに出てきてくれたのは、年配の女性と男性２人。女性が「私はキャロライン」と自己紹介してくれました。長身で、大雑把に長い髪を後ろでまとめた彼女は、男っぽい雰囲気。年の頃は60代といったところでしょうか。男性２人は彼女の弟さんでした。

「さあ、どうぞ」と案内されたのは、大きなグランドピアノがある応接間。お手伝いらしい女の子が手作りのクッキーとコーヒーを運んできてくれました。彼女は屋敷の入り口に建っている門番小屋に住んで、この家の家事をしているそうです。

「さあ、なにをお話ししましょうか」とキャロラインさんがすぐに本題に入ります。

そこで、ビアトリクスのいとこのキャロラインについて、またこの家についてまず尋ねてみました。

「ビアトリクスの従姉は私と同じキャロラインという名で、私の大叔母にあたる人です。とてもきれいな人だったのよ。この家は私の曽祖父が建てたものです。高台で、朝日がきれいに見えることが気に入ってこの土地を選んだようです。」

ビアトリクスは何度もこの家に遊びに来ているのに、キャロラインをロンドンの自分の家に招待することは一度もなかったといいます。この家には部屋は25室もあ

人を描くことが苦手だったビアトリクスはヘアズクーム・グランジの御者の10歳の息子をモデルにして仕立て屋を描いた

ヘアズクーム・グランジの、ビアトリクスが滞在していた頃と変わらずにあるキッチン。左上が昼食のためにこれから焼こうとしていた「トード・イン・ザ・ホール」。中段左は銅製の鍋で煮ていたエルダー・ベリーのジャム

り、どの部屋にビアトリクスが泊まったかという記録はどこにも残っていないそうです。

『グロースターの仕たて屋』を描くのに馬車の御者の息子さんをモデルにしたことを尋ねてみると、

「そうよ、今はお手伝いの女の子が暮らしている小屋に住んでいた10歳になる息子をモデルにして、仕立て屋のスケッチをしたらしいわ。ビアトリクスは動物を描くのは得意だったけれど、人間は苦手だったから、きっとたくさん練習したのでしょう。馬車でグロースターの町までよく出かけたようだから、そのときにお話の背景となる場所を探したり、スケッチしたりしたのでしょうね。」

コーヒーを飲みながらこの応接間を改めて眺めてみると、庭に面した大きな窓に下がるカーテンは、色あせてところどころ擦り切れているのが目立ち、また、置いてある家具もどこか古びた様子を見ると、こうした大きな家を維持することの大変さがにじみ出ているようです。2人の弟さんたちは体の具合が悪く働いていないようですし、ロンドンで教師をしているキャロラインさんもその収入だけではこの家の管理は大変なことが想像できます。

その後、家の中を案内していただきましたが、扉がいくつも並ぶ、広々とした廊下を歩いているだけでも、かつてはとても立派なお屋敷だったことがしのばれます。

私がこの家でいちばん興味深く思ったのはそのキッチン。さきほどコーヒーを運んできてくれた女の子が忙しそうに働いています。

「このキッチンはビアトリクスが泊まっていた頃とほとんど変わっていないはずよ。キッチンの隣にはお酒やカトラリーを用意するための執事専用の部屋もあるし、典型的なビクトリア時代のつくりになっています。」

そこには家族たちがお茶の時間を楽しむための銀のティーポットが昔の華やかさを伝えるように置かれていました。

キッチンのレンジはアガー・オーブン。私の憧れのレンジです。

そのオーブンを使ってお手伝いの女の子は「トード・イン・ザ・ホール」（toad-in-the-hole）という料理を作っていました。直訳すると「穴の中のヒキガエル」ですが、ヨークシャー・プディングと同じ、卵と粉、牛乳で作った柔らかい生地の中にソーセージを埋め込んで焼いたイギリスの家庭料理です。ポピュラーな料理ですが、イギリス人の家庭で作っているのを見たのは初めてのことでした。きっとおいしそうなキツネ色になってアガー・オーブンから出てくることでしょう。本当は焼きあがるところを見たかったのですが、それまで待てなかったのが残念です。

そのオーブンの上のレンジでは庭で採れたというエルダー・ベリーの実を大きな銅製の鍋で煮て、ジャムを作っているところでした。

エルダー（西洋ニワトコ）とは、田舎に行けば道端にいくらでもある潅木。初夏に咲くふわふわとした白い花穂は、レモン汁や砂糖、水と合わせてしばらく置き、「エルダー・フラワー・シャンパン」という夏の飲みものになります。その花が終わった後、夏の終わりに実る小粒で濃い紫色の実は、甘酸っぱい味わいで、おいし

イギリスの田舎に野生で茂るエルダーの木。初夏に咲く白い花穂の後には濃い紫色の実がたわわに実る。イギリスの家庭ではこの実でジャムやワインを作って楽しむ

いジャムやワインにもなるのです。まさしく自然の贈り物といったものでしょうか。
キッチンの回りの壁に作られた木製の食器棚は、濃いブルーで縁取りされて、ビクトリア時代の雰囲気をどことなく醸し出しています。真中にどんと置かれた大きな調理台もまるでアガサ・クリスティーの書くミス・マープルものに出てくるような古めかしい雰囲気です。ビアトリクスが泊まりに来ていた頃は、このキッチンに何人もの召使が働いて食事の準備に追われていたことでしょう。

菜園にも案内していただきましたが、残念なことにもはや荒れ果ててしまっていました。かつては、この屋敷で使うたっぷりの野菜やフルーツを栽培するキッチンガーデンであったにちがいないのですが、その名残りがあちらこちらに見られるものの手入れが行き届いていないのが現状です。

ビアトリクスが滞在していたときとは様子が変わってしまったかもしれませんが、この家こそが、ビアトリクスが『グロースターの仕たて屋』の元となった話を聞いた家であり、この家から馬車に乗って出かけていったグロースターの町でそのスケッチを描いたという、その作品のルーツともいえる場所を訪ねることができたのは何より嬉しいことでした。

後にビアトリクスは、『グロースターの仕たて屋』のお話が、自分の書いた絵本の中で一番のお気に入りだと語っています。

私にとって『グロースターの仕たて屋』は、読むたびにこのヘアズクーム・グランジの訪問を思い出す1冊となりました。

ビアトリクスの一番のお気に入りの絵本が『グロースターの仕たて屋』で、何年経ってもその気持ちが変わることはなかったという

ーモンド粉をふるって加え、さらに薄力粉、ベーキング・パウダー、塩を合わせてふるって加え、ゴムべらでよく混ぜる。2のケーキ型のリンゴを並べた上に流し入れる。
5．あらかじめ温めておいたオーブンに入れ、30～40分ほど、中央に竹串を刺して生地が何もついてこなくなるまで焼く。焼けたら、型のまま10分ほど置き、粗熱を取ってから型から出し、クーラーにのせて冷ます。温かいうちにクロッテド・クリームやアイスクリームを添えていただいてもおいしい。翌日以降、しっとりとなじんだケーキの味わいもおいしい。

ポター一家が春のホリデーに出かけていたイギリス南部、ケントからドーセットにかけての地方はリンゴの産地。どこまでも続くリンゴの果樹園が印象的な地方です。エリナー・ファージョンはこの地を舞台に『リンゴ畑のマーティン・ピピン』を書きました。

古くからのリンゴを使ったケーキやジャムなどのレシピがたくさんありますが、このケーキもそのひとつ。

ヒルトップの庭にブラムリーの木を植えたビアトリクスですから、きっとこんなリンゴのケーキを楽しんでいたにちがいありません。

ブラムリーは料理用のリンゴとしてイギリスでは一年中出回っている、イギリスの料理やお菓子には欠かせないリンゴです。酸味が強く、火を加えるととろけるような味わいになるのが特徴。うれしいことに日本でも小布施などで栽培されるようになり、味わえるようになりました。他のりんごより早い、9月初旬に収穫されます。

さまざまな果物が並んだウィンブルドンの八百屋の店先

たわわに実ったブラムリー・アップル

ブラムリーの花

Recipe
〈8〉

リンゴのアップサイド・ダウン・ケーキ

Apple Upside Down Cake

■材料　(直径15センチの丸ケーキ型)
無塩バター：115g
グラニュー糖：115g
卵：2個
アーモンド粉：50g
薄力粉：75g
ベーキング・パウダー：小さじ1/2
塩：ひとつまみ
ブラムリー：中1個
(または紅玉などのリンゴ2個程度)
レモン汁：小さじ1
シナモン：小さじ1
無塩バター (型に塗るため)：適宜
ブラウンシュガー：適宜

■作り方
1. オーブンはあらかじめ180度に温めておく。
2. ケーキ型は、底と周りにクリーム状にしたバターを刷毛でたっぷりと塗り、底にはベーキングシートを敷き、その上にさらにバターを塗り、底全体にブラウンシュガーをまぶしておく。皮をむいてブラムリーなら8等分、紅玉など小粒のリンゴなら4等分に切り、芯を取り、レモン汁、シナモンをまぶし、ケーキ型の底に放射状に並べる。
3. ボールに室温に戻したバターを入れ、クリーム状にしたら、グラニュー糖を2回くらいに分けて加え、泡だて器でふわふわになり、白っぽい色になる程度にすり混ぜる。
4. よく溶いた卵を、少しずつ加えながら、さらに泡だて器ですり混ぜる。ア

あとがき

大学の英米文学科で吉田新一先生から児童文学の講義を受けたのが、私と児童文学、そしてピーターラビットの世界との出会いでした。ビアトリクスが描いた絵本の世界がそのままに湖水地方に残っているという、それを知ったときの驚きは大きかったものの、自分の足でその地を訪ねることができるとは、そして何度もその湖水地方に出かけるほど魅せられるとは、その当時の私には想像さえできないことでした。

その私が大学を卒業してから2年後、ハーブ留学と称してイギリスに行くことになり、ハーブだけでなく、吉田先生から教えていただいた児童文学の宝庫としてのイギリスに出会うことになったのでした。文学作品の中に描かれるハーブに関して、その意味合いをイギリスの暮らしの中から、イギリス人の目線でとらえられるようになりたい、というのが私のイギリスに行くための一番の大きな目的でした。その暮らしを体験して、ハーブだけでなく、イギリスのファンタジーが日常の中にある、ということも肌で感じることもできました。これはどんなに本を読んでもわからない、その土地に暮らしてこそ初めてわかることだと悟りました。そのハーブと暮らしがビアトリクスの作品に描かれていることは、私にとって大きな魅力となっています。

ヒルトップを訪ねたとき、ビアトリクスの書斎にジェラードの『ハーバル』を見つけたことで、絵本に使われているハーブの意味合いがその本に裏付けされているような奥深いものであることも納得できました。『ピーターラビットのおはなし』の最後でマグレガーさんの畑に入って、食べすぎと怖い思いで具合の悪くなったピーターにお母さんがカミツレのお茶を飲ませる場面はあまりに有名ですが、カミツレのハーブティーには鎮静作用があり、そのピーターのお母さんの姿は、古くからのイギリスのお母さんが子どもにそのお茶を飲ませる姿と重なります。また、『あひるのジマイマのおはなし』できつねの紳士が登場する場面では、必ずと言ってよいほどきつねの手袋（フォックスグローブ）の花が描かれています。古くからの伝説には、きつねはこのきつねの手袋の花を四本足につけて獲物に近付くと音を立てずに獲物を仕留めることができるというものがあるのですが、その伝説を知ったうえで、ビアトリクスはこの花をきつねの紳士が登場する場面に描いているのではないか、と想像できるのです。

そしてラベンダーに関しても面白いことがわかりました。マグレガーさんの畑でつかまってピーターの父親は肉のパイにされてしまったので、ピーターの家は子ども4匹とお母さんの母子家庭です。そのお母さんは何で生計を立てているかというと、うさぎの毛で作った手袋や小さなマフ（保温のために手を入れる毛皮製の円筒状のおおい）と共に、ハーブやローズマリーのお茶、「うさぎたばこ」を売っているのです。『ピーターラビットのおはなし』の続編ともいうべき『ベンジャミン バニーのおはなし』の中表紙の絵には、そのお母さんの店であるうさぎ穴の上に掲げられた看板に「お茶とたばこの公認販売・ジョセフィーヌ・バニーの店」と書かれているのです。

そのお話の中で「うさぎたばこというのはわたしたちがラベンダーと呼んでいる草です」（石井桃子氏訳）とビアトリクスも書いているように、その店の壁には乾燥させたラベンダーの束がいくつも吊り下げられて描かれています。

ここで、なぜラベンダーをうさぎのたばことしてビアトリクスが使ったのだろうか、ということが、長い間、私の疑問でした。古くからあるラベンダーにまつわる言い伝えに関係しているのだろうか、といろいろと調べもしました。

けれどもハーブの歴史や言い伝えが書いてある本ではその理由を見つけることはできずにいたのですが、リンダ・リアー著の『ビアトリクス・ポター　ピーターラビットと大自然への愛』を読んでその謎が解けたのです。

そこには、ビアトリクスは、編集者であったノーマン・ウォーン氏に『ベンジャミン バニーのおはなし』について、「この本は〝うさぎたばこ〟(rabbit tobacco)という言葉で終わるようにしたいと思います。これはとてもすてきな言葉です」と書き送っていたこと、そして、うさぎたばこという言葉が『リーマスじいやの物

語』に出てきた表現だったことが記されていたのです。

『リーマスじいやの物語』とは、1880年にジョエル・C・ハリスによって書かれた本で、アメリカの黒人の間に語り伝えられてきた民話がその素材となっているお話です。実際に英文の原書と翻訳版を取り寄せてみると、うさぎたばこは、「オオカミどんのむざんな最期」(The Awful Fate of Mr.Wolf) という話に使われていることがわかりました。

「サリー嬢さんが、かばんのなかのきもののあいだに入れときなさる、あのもちのええ草のことだわ。そうさね、そいつがウサギのタバコさ。」(講談社文庫『リーマスじいやの物語』河田智雄氏訳)

とあるこの文章にはラベンダーという言葉は出てきませんが、洋服の間に入れて使われたもちのいい草、虫よけと香りのために古くから使われてきた草といえば、ラベンダーにちがいありません。

ビアトリクスが、ノエル少年への絵手紙にうさぎのピーターのお話を描いて送ったのは1893年でしたが、その同じ年にこの『リーマスじいやの物語』のお話に8点のイラストを描き始め、1896年に完成させているのです。このいたずら好きの「うさぎどん」の冒険物語は、ポター一家のお気に入りでもあり、また、ビアトリクスが人間の日常生活を背景に、言葉を話す動物の物語に魅了され、よく慣れ親しんだ風景を自分の絵の舞台として選ぶようになったこと、うさぎたばこのほかにパドルダック（あひる）やカトンテール（綿毛のようなしっぽ）といった言葉もビアトリクスがこの物語から得て、好んで使うようになったことなどから、ビアトリクスが自分でお話を作るときに大きな影響を与えた作品であると言われています。

富裕な家庭に生まれ育ったビアトリクスは、その恵まれた環境に準ぜず、自らの考えで行動した、ビクトリア時代の女性としては稀有な才能と能力を兼ね備えた人でした。田舎の暮らしそのものを自然と共に守るべきというビアトリクスの先見の明がなければ、湖水地方の今に残る自然は開発と共になくなっていたかもしれない、と思うとき、ビアトリクスの偉大さを身近に感じます。

そのビアトリクスの足取りをたどることは、絵本の世界を味わうことであるとともに、ビアトリクスの残してくれたイギリスの暮らし、生活、自然と出会うことでもあり、現代に生きる私たちにこれからの環境問題について考えるきっかけを与えてくれるのです。絵本作家だけではない、生活者としてのビアトリクスも感じ取っていただけたら幸いです。

私の湖水地方への旅は20年にもわたり、訪ねた場所、撮った写真も古いものから昨年のものまでいろいろです。長い時間をかけて訪ねてもまだ新しい発見があり、また訪ねたくなる奥の深い世界です。

熱心なピーターラビットファンは日本でも多く、専門の方も多くいらっしゃることを知る中でこの分野の本を出すことは勇気のいることでした。いたらぬ点はご教示いただけますことを願っています。

ビアトリクスのイングリッシュネス、風土性について教えていただき、本の中でもたびたびお名前を出させていただいた大学時代からの恩師、吉田新一先生に心からお礼を申し上げます。結婚してウィンブルドンに住むことになったとき、吉田先生から入会を勧めていただいたポター・ソサエティーからは資料や情報を得ることができ、またこの本では図版の借用でご協力をいただきました。また、大東文化大学の河野芳英教授には、大東文化大学ビアトリクス・ポター資料館所蔵の『幸せな二人づれ』（*A Happy Pair*）の貴重な図版の借用でご協力いただきました。心よりお礼申しあげます。

この本は、月刊誌『英語教育』でビアトリクスをテーマにした一年間の連載から生まれました。その連載から続いて、この本の編集を私との二人三脚で心をこめて担当してくださった北村和香子さんに心から感謝しています。そして、『ピーターラビットのおはなし』の元となった絵手紙から１２０年という節目の年にこの本が出版できるよう、支えてくださったすべての方々に感謝します。

２０１３年春　北野佐久子

★――湖水地方へのアクセス

■鉄道で

ロンドンのユーストン Euston 駅からスコットランド行きの列車に乗り、オクセンホルム Oxenholme 駅下車。ウィンダミア支線（Windermere Branch Line）に乗り換え、ウィンダミア Windermere 駅下車。

所要時間：　約 3 時間半。

＊時刻表、運賃、特別料金、その他のお役立ち情報の詳細は、全国鉄道案内（National Rail Enquiries）に詳しく紹介されています。

　www.nationalrail.co.uk

＊オンラインでの乗車券の購入が便利なのはこちら。

ヴァージン・トレイン（Virgin Trains）

　http://www.virgintrains.co.uk/

キュー・ジャンプ（Q Jump）　http://www.qjump.co.uk/

■車で

イングランドを南北に走る高速道路 M6 を 36 番出口で下り、国道 A591 を北西に向かうと、約 20 ～ 30 分でウィンダミアに到着。

所要時間：　ロンドンから約 5 時間。

車でのおよその距離：

ロンドン～ウィンダミア　440 km

マンチェスター空港～ウィンダミア　145 km

エディンバラ～ウィンダミア　230 km

★――湖水地方をめぐるには…

街から街への移動には路線バスやタクシーで。ウィンダミアから出る主要バスの時刻表については、カンブリア・カウンティー・カウンシル（Cumbria Country Council）の HP を参照してください。

　http://www.cumbria.gov.uk/

主要観光スポットを効率的に巡る地元のツアーを利用するのも便利。ヒルトップやホークスヘッドなどビアトリクス・ポターゆかりの場所を巡るツアーなど湖水地方を回る多彩なガイド付きツアーがあります。

マウンテン・ゴート・ツアーズ＆ホリデーズ（Mountain Goat）

　http://www.mountain-goat.com/#

レイク・ディストリクト・ツアーズ（Lake District Tours)

　http://www.lakedistricttours.co.uk/

＊　＊　＊

▼湖水地方についての詳しい情報

湖水地方ジャパンフォーラム：http://www.kosuichihou.com/

英国政府観光庁：http://www.visitbritain.com

ヘイスティングズ（Hastings）　169
ホークスヘッド（Hawkshead）
20, 21, 55, 67, 73, 79, 90-104
ボウネス・オン・ウィンダミア（Bowness on Windermere）　20, 78
ポストオフィス・メドウ（Post Office Meadow）　21, 23, 55, 73-75, 77
ボルトン・ガーデンズ（Bolton Gardens）
8
ボロデール（Borrowdale）　150, 156
マーメイド・イン（Mermaid Inn）　170
マンク・コニストン領（Monk Coniston Park estate）　152, 154, 155
ミストレルズ・ギャラリー（Mistrels Gallery）　102
メルフォード・ホール（Melford Hall）
147, 185
モス・エークルス・ターン（Moss Eccles Tarn）　47, 55, 70, 78-81
ユーツリー・ファーム（Yew Tree Farm）　150, 152-163
ライ（Rye）　168-171
ライム・リージス（Lyme Regis）
167, 168
ラトリグの丘（Latrigg）　144, 145
ラム・ハウス（Lamb House）　170
ランベドゥル（Llanbedr）　175
リトル・タウン（Little Town）
131, 148, 149
リングホーム邸（Lingholm）
120, 131, 132, 138-143, 145, 147
リンデス・ハウ邸（Lindeth Howe）
153, 155
レイ・カースル邸（Wray Castle）
11, 12, 90
レイクフィールド・コテージ（Lakefield Cottages）　55, 81-83
レイクフィールド邸（Lakefield Country House・現イース・ワイク荘）
15, 18, 21, 55, 62, 67, 71
レッドハウス（Red House）　44, 48
ロー・グリーン・ゲート（Low Green Gate）　55

イルフラクーム（Illfracombe） 167
ウィッグス（WHIGS） 93
ウィンダミア（湖）（Windermere）
12, 19, 20, 67, 92, 104, 106, 128, 153, 154
エスウェイト湖（Esthwaite Water）
18, 54, 67, 69, 70, 87, 90, 91
ガース荘（The Garth） 55, 81
カースル・コテージ（Castle Cottage）
35, 55, 72–78, 150
カートメル（Cartmel） 103, 104
カムフィールド・プレイス（Camfield Place） 9, 16
カンバーランド（Cumberland）地方
57, 155
キャット・ベルズ山（Cat Bells）
131, 139, 146–149
キュー・ガーデン（Royal Botanic Gardens, Kew） 9, 116–119, 122
クイーンズ・ヘッド（Queen's Head） 92
グウェニノグ邸（Gwaynynog） 171–178
グラスミア（Grasmere） 126, 128
グロースター（Gloucester）
178–184, 189, 191
グロースターの仕たて屋の家（The House of The Tailor of Gloucester） 183
ケズィック（Keswick） 118, 128–131, 149
ケルムスコット・マナー（Kelmscott Manor） 44, 50
コニストン湖（Coniston Water）
19, 152–154
こぶたの分かれ道（Pigling Bland's Crossroads） 55, 86
サウス・ケンジントン博物館（South Kensington Museum） 5, 182
シドマス（Sidmouth） 167
ジマイマの橋（Jemima's Footbridge）
55, 86, 87
ジマイマの森（Jemima's wood） 158
スケルギル（Skelgill） 131, 149
スノードン山（Snowdon） 171
セント・ハーバート・アイランド（St. Herbert's Island＝ふくろう島）
131, 142–146
ソーリー・ハウス・カントリー・ホテル（Sawrey House Country Hotel） 55, 86
ダーウェント湖（Derwent Water）
113, 128–149
ターン・ハウズ（Tarn Hows） 152
タワー・バンク・アームズ（Tower Bank Arms） 54–59
ダブ・ハウ（Dub Howe） 55, 87
ダルガイズ荘（Dalguise House） 114
ダンケルド（Dunkeld） 114, 115, 148
テイト美術館（Tate Britain） 184
デンビー（Denbigh） 173
ドーセット（Dorset） 166–171, 192
トラウトベック・パーク農場（Troutbeck Park Farm） 154, 158
ニア・ソーリー村（Near Sawrey）
15, 18, 20, 21, 47, 54–87, 90, 91, 95, 98, 99, 103, 129, 152–154
ニューランズ・ヴァレイ（Newlands Valley） 131, 146–149
ハイ・グリーン・ゲイト（High Green Gate） 55, 79–83
バックル・イート（Buckle Yeat）
23, 54, 55, 58–65, 75, 77, 79–81, 86
ハットフィールド（Hatfield） 16
ビーチ・マウント（Beech Mount） 153
ヒルトップ（Hilltop） 18-51, 55, 64, 71, 73-75, 77, 78, 86, 94-96, 99, 154, 157, 176
ビアトリクス・ポター・ギャラリー（Beatrix Potter Gallery） 96
ビクトリア＆アルバート博物館（Victoria & Albert Museum）
3, 4, 8, 113, 122, 178, 181, 182
ファー・ソーリー村（Far Sawrey）
21, 55
ファルマス（Falmouth） 166, 168
フォー・パーク邸（Fowe Park）
128, 131–139, 140, 147
ふくろう島 →セント・ハーバート・アイランド
フライアーズ・クラッグ（Friars Crag）
131, 143–146
ブリッジ・ハウス（Bridge House）
107–110
ヘアズクーム・グランジ（Harescombe Grange） 179, 185–191

ビアトリクス・ポター作品名索引

『あひるのジマイマのおはなし』（*The Tale of Jemima Puddle-Duck*） 4, 24, 31, 32, 56, 79, 87
『キツネどんのおはなし』（*The Tale of Mr. Tod*） 10, 135
『グロースターの仕たて屋』（*The Tailor of Gloucester*） 15, 19, 72, 178–191
『こねこのトムのおはなし』（*The Tale of Tom Kitten*） 23–26, 28, 29, 37, 51, 64
『こぶたのピグリン・ブランドのおはなし』（*The Tale of Pigling Bland*） 27, 75–77, 86
『こぶたのロビンソンのおはなし』（*The Tale of Little Pig Robinson*） 167, 168
『幸せな二人づれ』（*A Happy Pair*） 124, 125
『ジェレミー・フィッシャーどんのおはなし』（*The Tale of Mr. Jeremy Fisher*） 4, 69, 70
『「ジンジャーとピクルズや」のおはなし』（*The Tale of Ginger and Pickles*） 92
『ティギーおばさんのおはなし』（*The Tale of Mrs. Tiggy-Winkle*） 129, 130, 146, 148, 149, 175
『２ひきのわるいねずみのおはなし』（*The Tale of Two Bad Mice*） 19, 72
『のねずみチュウチュウおくさんのおはなし』（*The Tale of Mrs. Tittlemouse*） 167
『パイがふたつあったおはなし』（*The Tale of The Pie and The Patty-Pan*） 33, 40, 41, 59–61, 63, 72, 75, 77, 81, 82, 88, 95, 97, 175
『はとのチルダーのおはなし』（*The Tale of Faithful Dove*） 169
「ピーターラビット・アルマナック」（*Peter Rabbit's Almanac for 1929*） 87
『ピーターラビットのおはなし』（*The Tale of Peter Rabbit*） 4, 14, 15, 19, 64, 69, 72, 80, 97, 116, 120, 135, 140
『ひげのサムエルのおはなし』（*The Tale of Samuel Whiskers*） 23, 35-38, 41, 47, 52, 61, 78, 83
『フロプシーのこどもたち』（*The Tale of The Flopsy Bunnies*） 135, 140, 172, 174, 177, 178
『ベンジャミン バニーのおはなし』（*The Tale of Benjamin Bunny*） 4, 14, 19, 72, 129, 130, 132, 134-138, 140, 147
『まちねずみジョニーのおはなし』（*The Tale of Johnny Town-Mouse*） 98–101
『妖精のキャラバン』（*The Fairy Caravan*） 10, 45, 46, 120, 121
『りすのナトキンのおはなし』（*The Tale of Squirrel Nutkin*） 15, 19, 72, 120, 121, 129, 130, 139, 140, 142, 145
『ローリー・ポーリー・プディング』（*The Roly-Poly Pudding*）（=『ひげのサムエルのおはなし』） 37
『1903年ダーウェント・ウォーター・スケッチブック』）（*The Derwentwater Sketchbook 1903*） 129, 130, 143, 145, 147

場所の名索引

アーミット・ライブラリー（Armitt Library） 110–112, 122
アンブルサイド（Ambleside） 20, 55, 67, 106–112, 126, 128
アンヴィル・コテージ（Anvil Cottage） 55, 61, 65, 66
イーストウッド荘（Eastwood House） 14
イース・ワイク荘（Ees Wyke・元レイクフィールド邸） 15, 18, 55, 60, 62, 67–72, 80–83, 103

(1987) *Beatrix Potter 1866-1943.* Frederick Warne & Co. with The National Trust.

Linda Lear. (2007) *Beatrix Potter: The extraordinary life of a Victorian genius.* Penguin Books Ltd.

Marian Werner (Research and text). (1999) *Near Sawrey: An Illustrated map with descriptive text.* Beatrix Potter Society.

Norman & June Buckley. (2007) *Walking with Beatrix Potter.* Frances Lincoln Ltd.

Sara Paston-Williams. (1991) *Beatrix Potter's Country Cooking.* Frederick Warne & Co.

Susan Denyer. (2000) *Beatrix Potter at home in the Lake District.* Frances Lincoln Ltd.

Wynne Bartlett & Joyce Irene Whalley. (1995) *Beatrix Potter's Derwentwater.* Whalley Leading Edge Press & Publishing Ltd.

参考文献

小野まり（2010）『図説英国湖水地方　ナショナルトラストの聖地を訪ねる』河出書房新社
北野佐久子（2007）『美しいイギリスの田舎を歩く！』集英社
小池　滋監修（1992）『読んで旅する世界の歴史と文化・イギリス』新潮社
ジュディ・テイラー著、吉田新一訳（2001）『ビアトリクス・ポター　描き、語り、田園をいつくしんだ人』福音館書店
ジル・ハミルトン／ペニー・ハート／ジョン・シモンズ著、鶴田　静訳（2002）『ウィリアム・モリスの庭　デザインされた自然への愛』東洋書林
デイヴィッド・スーデン著、山森芳郎／山森喜久子訳（1997）『図説　ヴィクトリア時代　イギリスの田園生活誌』東洋書林
ビアトリクス・ポター絵、アイリーン・ジェイ／メアリー・ノーブル／アン・スチーブンソン・ホッブス著、塩野米松訳（1999）『ピーターラビットの野帳』福音館書店
マーガレット・レイン著、猪熊葉子訳（1986）『ビアトリクス・ポターの生涯　ピーターラビットを生んだ魔法の歳月』福音館書店
吉田新一監修、塩野米松著、中川祐二撮影（1990）『ピーターラビットからの手紙』求龍堂
吉田新一著（1994）『ピーターラビットの世界』日本エディタースクール出版部
リンダ・リア著、黒川由美訳（2007）『ビアトリクス・ポター　ピーターラビットと大自然への愛』ランダムハウス講談社

Anne Stevenson Hobbs. (1989) *Beatrix Potter's Art*. Frederick Warne & Co.
Audrey Parker. (1993) *Cottage and Farmhouse Detail in Beatrix Potter's Lake District*. Beatrix Potter Society.
Beatrix Potter. (1986) *Beatrix Potter's Journal*, abridged with an introduction by Glen Cavaliero. Frederick Warne & Co.
Beatrix Potter. (1996) *A Holiday Diary*, edited and written by Judy Taylor. Beatrix Potter Society.
Beatrix Potter Society Studies X, XIV. (2003, 2011) Beatrix Potter Society.
Elizabeth Battrick. (1999) *Beatrix Potter: The unknown years*. Armitt Library and Museum.
Judy Taylor. (1988) *Beatrix Potter and Hawkshead*. National Trust.
Judy Taylor. (1989) *Beatrix Potter and Hill Top*. National Trust.
Judy Taylor (Ed.). (1992) *Letters to Children from Beatrix Potter*. Frederick Warne & Co.
Judy Taylor (Ed.), Willow Taylor. (2000) *Through the Pages of My Life*. Beatrix Potter Society.
Judy Taylor (Select). (1989) *Beatrix Potter's Letters*. Frederick Warne & Co.
Judy Taylor, Joyce Irene Whalley, Anne Stevenson Hobbs, and Elizabeth M. Battrick.

1955年	『はとのチルダーのおはなし』出版（1970年，マリー・エンジェルによるイラストで改訂版が出版された）

	10月『「ジンジャーとピクルズや」のおはなし』出版
1910年（44歳）	7月『のねずみチュウチュウおくさんのおはなし』出版
1911年（45歳）	10月『カルアシ・チミーのおはなし』出版
1912年（46歳）	10月『キツネどんのおはなし』出版
	年末、ヒーリス氏からの結婚の申し込みを受ける
1913年（47歳）	10月『こぶたのピグリン・ブランドのおはなし』出版
	10月15日、ウィリアム・ヒーリス氏と結婚
1914年（48歳）	5月、父ルパート死去
	8月、第一次世界大戦開始
1917年（51歳）	10月『アプリイ・ダプリイのわらべうた』出版
1918年（52歳）	6月、弟バートラム死去
	11月11日、第一次世界大戦終結
	12月『まちねずみジョニーのおはなし』出版
1919年（53歳）	母ヘレンにリンデス・ハウ購入
1920年（54歳）	5月、ローンズリー師死去
1921年（55歳）	12月『セシリ・パセリのわらべうた』出版
1923年（57歳）	1,900エーカーの牧羊農場、トラウトベック・パーク農場購入
1926年（60歳）	11月、牧羊管理のため、トム・ストーリーを雇う
1928年（62歳）	9月、1929年用の『ピーターラビットのアルマナック』（暦）を出版
1929年（63歳）	10月、アメリカで『妖精のキャラバン』出版（イギリスでは1952年7月に出版）
1930年（64歳）	1月、約4,000エーカーのマンク・コニストン領購入。その半分をナショナル・トラストに買い値で譲る
	9月『こぶたのロビンソンのおはなし』出版
1932年（66歳）	12月『シスターアン』アメリカで出版
	12月20日、母ヘレン死去
1939年（73歳）	第二次世界大戦開始
1943年（77歳）	「ハードウィック種綿羊飼育者協会」で1944年度の会長に女性として初めて選ばれる
	12月22日、カースル・コテージにて死去。遺言で約4,300エーカーの土地、15の農場、多数のコテージをナショナル・トラストに寄付
	12月25日、トム・ストーリーによって遺灰がジマイマの森にまかれた
1945年	8月4日、夫のウィリアム・ヒーリス氏死去
1946年	ヒルトップがナショナル・トラストにより一般公開される

1894年（28歳）	スコットランド、レンネル荘で夏のホリデーを過ごす。キノコ観察に熱中する
1895年（29歳）	ローンズリー師、オクタヴィア・ヒル女史、ロバート・ハンター氏によってナショナル・トラストが設立され、父ルパートが終身会員となる
1896年（30歳）	伯父ヘンリー・ロスコーと共にキュー・ガーデンを訪れ園長に会う この夏初めてニア・ソーリー村でのホリデーを、レイクフィールド邸にて過ごす
1897年（31歳）	女性の出席が認められていなかったため、リンネ学会でビアトリクスの論文は代読される。キノコ研究への道は閉ざされ、失望する
1901年（35歳）	12月、私家版『ピーターラビットのおはなし』を250部出版
1902年（36歳）	10月、フレデリック・ウォーン社より『**ピーターラビットのおはなし**』8,000部出版 11月、弟バートラムがエディンバラで極秘に結婚する 12月、私家版『グロースターの仕たて屋』500部出版
1903年（37歳）	8月『**りすのナトキンのおはなし**』を出版 10月『**グロースターの仕たて屋**』を出版
1904年（38歳）	9月『**ベンジャミン バニーのおはなし**』、『**2ひきのわるいねずみのおはなし**』出版
1905年（39歳）	7月、ノーマン・ウォーン氏より手紙で結婚を申し込まれ、内密に婚約する 8月、ノーマン・ウォーン氏が37歳で白血病で急死 9月『**ティギーおばさんのおはなし**』出版 10月『**パイがふたつあったおはなし**』出版 11月、ニア・ソーリー村のヒルトップ農場を購入
1906年（40歳）	7月『**ジェレミー・フィッシャーどんのおはなし**』出版 9月、ヒルトップ農場にてハードウィック種の牧羊開始 11月『**モペットちゃんのおはなし**』、『**こわいわるいうさぎのおはなし**』をパノラマブックで出版
1907年（41歳）	時間が許す限りヒルトップに滞在 9月『**こねこのトムのおはなし**』出版
1908年（42歳）	8月『**あひるのジマイマのおはなし**』出版 10月『**ローリー・ポーリー・プディング**』出版（1929年『**ひげのサムエルのおはなし**』に改題）
1909年（43歳）	ニア・ソーリー村にカースル・コテージを含むファームを購入。ホークスヘッドの弁護士ウィリアム・ヒーリス氏と知り合う 7月『**フロプシーのこどもたち**』出版

ビアトリクス・ポター年譜

1866年	7月28日、ロンドン、サウス・ケンジントン、ボルトン・ガーデンズ2番地に父ルパート・ポター、母ヘレンの長女として誕生
1871年（5歳）	ポター一家はスコットランド、ダルガイズ荘で夏のホリデーを過ごす。その後11年間、毎夏をこの地で過ごし、ビアトリクスの自然への興味を育てる
1872年（6歳）	弟のバートラム誕生、家庭教師ミス・フローリー・ハモンドについて正式な教育（～1883年）が始まる
1875年（9歳）	鳥、蝶、毛虫などを描き始める（そのスケッチブックはビクトリア&アルバート博物館所蔵）
1881年（15歳）	暗号で日記をつけ始める（～1897年）。その日記は1958年にレズリー・リンダー氏に解読される
1882年（16歳）	レイ・カースル邸でのホリデーで初めて湖水地方と出会う
1883年（17歳）	ミス・ハモンドに代わり、アニー・カーター（19歳）が家庭教師となり、親友となる。11歳になった弟バートラムが寄宿舎に入る
1885年（19歳）	アニー・カーターがエドウィン・ムーアと結婚するためポター家を去る。この頃、最初のうさぎのペット、ベンジャミン・バウンサーを飼う
1886年（20歳）	現存する中で最初の、顕微鏡を見て水彩画を描く（昆虫の足）
1887年（21歳）	リューマチ熱などで健康を害する。現存する中で最初のキノコのスケッチを描く（アーミット・ライブラリー所蔵）
1890年（24歳）	ヒルデスハイマー&フォークナー社にカードの絵が採用される、次いで同じ絵がフレデリック・ウェザリーの詩集『幸せな二人づれ』***A HAPPY PAIR***に採用される
1891年（25歳）	フレデリック・ウォーン社にスケッチ数枚と小冊子1冊を送るが出版を断られる
1892年（26歳）	11年ぶりにスコットランドで夏のホリデーを過ごし、チャールズ・マッキントッシュ氏と再会、スケッチのためロンドンへキノコを送ってもらうようになる
1893年（27歳）	9月4日、スコットランド、ダンケルドにあるイーストウッド荘から、5歳の少年、ノエル・ムーア（元家庭教師、アニー・ムーアの長男）に病気見舞いのためにピーターラビットの絵手紙を送る 9月5日、ノエルの1歳下の弟、エリックにジェレミー・フィッシャーの絵手紙を送る

付録

【図版提供】
13 ページ, 16 ページ（左）, 30 ページ, 114 ページ, 155 ページ（左）の写真：
Courtesy of the National Trust
11 ページの写真：Courtesy of the Victoria and Albert Museum
35, 37, 41, 44 ページの写真：©National Trust Images/Simon Upton
125 ページ上（*A Happy Pair* の画像）：大東文化大学ビアトリクス・ポター資料館
169 ページ（右 2 点）：池田貴美子氏
173 ページ（右）：Beatrix Potter Society

[著者紹介]

北野佐久子（きたの　さくこ）

東京都出身。立教大学文学部英米文学科で児童文学を吉田新一氏（現立教大学名誉教授）に師事。在学中からハーブにも興味を持ち、日本人で初めての英国ハーブソサエティーの会員になり、研究のため渡英。帰国後ハーブについての著作を中心に活動。結婚と同時に再渡英し、４年間をウィンブルドンで暮らす。1女の母となって帰国し、イギリス文化を児童文学、ハーブ、お菓子などを中心に紹介。著書に『基本ハーブの事典』（東京堂出版）、『ハーブ祝祭暦　暮らしを彩る四季のハーバル』（教文館）、『幸福なイギリスの田舎暮らしをたずねて』（集英社）など。

ホームページ：http://www.sakuko.com/

ビアトリクス・ポターを訪《たず》ねるイギリス湖水地方《こすいちほう》の旅《たび》

——ピーターラビットの故郷《こきょう》をめぐって

NDC293／vi, 210p／21cm

初版第１刷——2013年4月30日

著者————北野佐久子《きたのさくこ》

発行者————鈴木一行

発行所————株式会社 大修館書店

〒113-8541 東京都文京区湯島2-1-1

電話03-3868-2651（販売部） 03-3868-2294（編集部）

振替00190-7-40504

［出版情報］ http://www.taishukan.co.jp

装丁・本文デザイン——井之上聖子

イラスト———Yuka Bonny

印刷所————広研印刷

製本所————三水舎

ISBN978-4-469-24576-9　Printed in Japan